La Loca

La Loca

CRISTINA FALLARÁS

Papel certificado por el Forest Stewardship Council®

Primera edición: febrero de 2022

© 2022, Cristina Fallarás
Por mediación de MB Agencia Literaria, S.L.
© 2022, Penguin Random House Grupo Editorial, S. A. U.,
Travessera de Gràcia, 47-49. 08021 Barcelona

Printed in Spain – Impreso en España
ISBN: 978-84-666-7090-6
Depósito legal: B-18935-2021

Compuesto en Gama
Impreso en Rodesa
Villatuerta (Navarra)

BS70906

A mí

A todas las mujeres que me acompañan

PRINCIPIO

—No me jodas, Walter Salazar. No me jodas. ¿Qué coño traes ahí?

—¿Pues no lo está viendo con sus ojitos preciosos, doña?

Aquel día, en lugar de los habituales cachivaches, pilas de transistor, harina, azúcar, revistas y periódicos atrasados, vino, cerveza y sorpresas varias, la ranchera cargaba dos maletones y una mujer.

—A esa te la llevas de vuelta.

Walter Salazar se encogió de hombros y señaló a la mujer que había abierto la puerta y salía oteando los alrededores con la mirada de los inventarios. A la izquierda, la jungla se aireaba con sonidos agudos de pájaros, silbidos de monos y helechos. Llegaba de allí un aroma dulce y amplio de humedades y descomposición. A la derecha, una casa amplia de madera con el frontal en equilibrio sobre cuatro troncos demasiado largos, patas flacas para un porche precario, y bancales de huerta. Una docena de criaturas del lugar levantaron las caritas, todo ojos, dulce brillo negro al sol del mediodía, y volvieron a sus faenas. A la mujer le llegó un aroma a leña que se perdía hacia una edificación escueta más allá, un pabellón circular abierto sobre columnas de palo techado con palma seca. Sonrió sin sonrisa, miró al cielo y respiró hondo.

—Ya ve, doña, que el sitio le gusta.

—¿De dónde carajo la has sacado, Walter Salazar?

—Pues la recogí en la ciudad. Habrá llegado en barca. Por el olor, digo. Y porque no hay cómo llegar de otra forma.

—Y se puede saber por qué hostias me la traes aquí.

Miró con los brazos en jarras a la recién llegada, que ya había empezado a caminar hacia la Casa Grande.

—Me lo pidió.

—¿Que te lo pidió? —Subió el tono—. ¿Que te lo pidió? Ah, claro, te lo pidió. ¿Y esa te parece razón suficiente, hijueputa? Te lo pidió, oh, sí, al señor se lo pidió. Y si yo te pido la luna, ¿eh? ¿Me la bajas si yo te pido la puta luna?

Walter Salazar volvió a encogerse de hombros y rodeó la ranchera con intención de descargar los bultos.

—Si me paga lo que me pagó ella, le bajo la luna, sí, Española, se la bajo y se la ato a un palo.

Aún con las manos en la cadera, la mujer se volvió a mirar a la extraña. La vio llegar al porche y sentarse lentamente en la mecedora, ajena a las voces que llegaban desde el polvo del vehículo. Vestía pantalón vaquero recortado a medio muslo, camiseta que fue azul y zapatillas deportivas embarradas hasta el tobillo. Barro y otras miserias inclasificables. Era blanca y llevaba el pelo negro ralo, rapado a mordiscos.

—No me gusta esta tía, no me gusta nada. Dime, Walter Salazar, de dónde carajo la has sacado.

Un mono raquítico y negro, todo pelo y pegote, saltó sobre el hombro de la recién llegada y se le abrazó al cuello. Ella no se inmutó. Nada. Ni susto ni alegría ni asco. Permanecía absorta en algún punto más allá del pabellón, con las piernas separadas, los codos sobre las rodillas, las manos entrelazadas y el cuerpo inclinado hacia delante. Cuando un camaleón llegó pasito a paso por el tronco que hacía las veces de baranda, lo miró sin curiosidad. El animal inclinó la cabeza hacia la izquierda como para un saludo. La mujer hizo lo mismo. Se miraron de lado.

—Pero ¿qué carajo hace esta tía?

—Está claro, Española. Se está instalando, ¿o es que no lo ve?

Walter Salazar empezó a descargar el primer maletón y la dueña del lugar se le abalanzó a manotazos. Un jaleo de gallinas y tres perros llegaron a la carrera lanzando ladridos roncos, sin costumbre.

—¡Ni se te ocurra, Walter Salazar! No tenemos ni puta idea de quién es esa tipa, ni tú ni yo. ¿Entiendes lo que te digo? —El hombre no se alteró—. Yo no tengo puñetera idea de por qué la has traído hasta aquí. Aquí —adoptó el tono de quien se dirige a un sonado o a un niño— no se traen personas. ¿No habíamos quedado en eso?

El chofer volvió a encogerse de hombros, apartó a la mujer con la paciencia dulce que da la costumbre y bajó el primer bulto. Ella no opuso ya resistencia. Las gallinas volvieron a sus picoteos y los perros, a su sombra. En algún lugar oculto por la Casa Grande empezó a crepitar un fuego y las brasas perfumaron de hogar el bosque.

La mujer se acercó con paso enérgico a la extraña. Llevaba el pelo recogido en una trenza a la espalda. El sayo recto y crudo, espartano, le daba cierto aspecto de impostura.

—Yo me llamo Lola, Lola la Española. —Sus palabras deseaban puños—. ¿Y tú?

La otra le miró fijamente sin expresión y volvió a concentrarse en el camaleón. El mico seguía abrazado a su cuello y con la mano derecha le pellizcaba el pelo triste como quien busca piojos. El encuentro de las dos mujeres detuvo a las niñas y sembró la huerta de azabaches cuyo fulgor desafiaba al tiempo y la miseria. Llegaban de la jungla filamentos de silbidos, aullidos y piares. Desde detrás de la Casa Grande aparecieron dos muchachas del lugar ataviadas de un blanco inmaculado, como si fueran de fiesta.

—Yo me llamo Lola, Lola la Española —repitió, pero igual podría haberla pateado—, ¿y tú?

Esta vez la mujer ni la miró, con la vista fija en las criaturas de la huerta, hipnotizada.

La Española volvió sobre sus pasos y enfrentó al chofer, que ya había descargado los dos bultos y fumaba recostado sobre la puerta de la ranchera. Tarareaba canciones de amor.

—¿De dónde carajo viene? —Masticó cada sílaba.

—Ya le dije, doña. ¿Cómo voy a saber yo?

—Bien —recuperó el tono del lentito—, voy a preguntártelo de otra manera a ver si me entiendes, Walter Salazar. ¿Por qué has traído a esa estúpida mujer precisamente a esta casa, esta casa donde sabes, Walter Salazar, desde hace mucho tiempo sabes, Walter Salazar, que no se traen personas?

El hombre miró a la viajera sentada en el porche, tranquila, como si estuviera acostumbrada a que un mono araña le sacara piojos y una enorme guacamaya se presentara doblándole el cuello. Después se volvió hacia la Española. Las dos debían de tener la misma edad, unos cuarenta, pero su aspecto no podía ser más diferente. La Española era redonda, de amplia cadera mullida y mediana estatura, mientras la extraña se levantaba como un junco largo y algo seco. Walter Salazar abrió la puerta del vehículo y sacó un papel arrugado y sucio que resultó ser un mapa. Dibujada con fina precisión, una línea unía la capital con la Ciudad Grande y esta con otra menor a la que no se podía acceder más que por mar, la rodeaba con una circunferencia de elegante trazo, y de allí partía hacia un lugar situado a unos veinte kilómetros siguiendo el curso del río en dirección este, atravesando la jungla. Dicho punto sin nombre ni rastro alguno en el plano estaba también marcado, pero con decenas de círculos superpuestos como si alguien hubiera enloquecido en tinta. Sobre el borrón, unas coordenadas de nuevo elegantes.

—Ella me dio el mapa y un atado de dólares, doña. Pues pensé que podía ser una hermana suya o de las hijas de las monjas, nadie te trae un mapa tan clarito si no sabe exactamente dónde va. Blanquita es.

—¿Y no se te ocurrió preguntarle nada?

—¿Para qué?

—Para saber de dónde viene, Walter Salazar, y qué quiere de nosotras, y por qué precisamente aquí.

—Inútil, doña.

—Inútil tú, hostias, inútil tú, Walter Salazar.

La mujer gritaba, los perros volvieron a ladrarle al sol, las gallinas pusieron las alas en gorjeo y la jungla recuperó su coro erizado. El hombre negó con la cabeza, cabezota de moreno grande, y miró a Juana como quien se pregunta por qué el sol se empeña cuando hay nubes.

—Inútil, doña. Es muda.

LIBRO DEL SILENCIO

1

Al llegar, la mujer pensó que aquel, sin duda, era el lugar. Se dijo «Las cosas se cuentan solas». Y luego «Los muertos nunca defraudan».

Cuando sucedió el final, en el mismo momento en el que todo había cambiado definitivamente sin remedio, el sobre ya estaba allí, procedente del monasterio de las Descalzas Reales. Acató sin recelos sus instrucciones y voló a la capital de aquel país lejano, siguió camino hasta la Ciudad Grande marcada en la ruta y contactó con el hombre llamado Walter Salazar en el sitio indicado. Le entregó el mapa y todo ocurrió sin más percance que la mala acogida de la selva. Una mujer blanca con aspecto de llevar allí años la recibió con cajas destempladas. En el mapa, dibujada con fina precisión, una línea unía la capital con la Ciudad Grande y esta con otra menor a la que no se podía acceder más que por mar, la rodeaba con una circunferencia de elegante trazo, y de allí partía hacia un lugar situado a unos veinte kilómetros siguiendo el curso del río en dirección este, atravesando la jungla. Dicho punto sin nombre ni rastro alguno en el plano estaba también marcado, pero con decenas de círculos superpuestos como si alguien hubiera enloquecido en tinta. Sobre el borrón, unas coordenadas de nuevo elegantes.

«¿De dónde carajo viene?», oyó desde lejos a la malhumorada mujer que movía los brazos con aspavientos. El hombre llamado Walter Salazar se iba encogiendo de hombros mientras la otra insistía, insistía, insistía. «¿Y no se te ocurrió preguntarle nada?». El hombre no parecía hacerle caso, se le antojaron uno de esos matrimonios en cuyas discusiones descansa un cariño sólido y antiguo. Sin duda, su presencia suponía un problema serio para ella y ninguno para Walter Salazar. La mujer por fin estalló palmoteando al hombre con los brazos como aspas de molino, lo que alborotó a las bestias de la casa y a la selva, silbidos de aves, chillidos de monos y ladridos roncos de aulladores. «Inútil, doña. Es muda», dijo Walter Salazar. Y se zanjó la discusión.

Claramente, su visita no solo resultaba comprometida, sino peligrosa. Le pareció que aquella mujer enfurecida en realidad estaba asustada. Dijo llamarse Lola, Lola la Española. Ella estaba avisada de lo que podría ocurrir, así que no temió que aquella mujer furiosa la echara a empentones y todo indicaba que así sería. Había andado tranquilamente hasta un porche de construcción tosca levantado sobre cuatro troncos finos contra a la fachada de una casa mayor. «Sin corazón no se puede temblar», pensó con alivio. Vio un mono cubierto de pelo y una lagartija con aspecto de camaleón que la saludó desplegando una cresta verde bajo el pecho, algunas jóvenes del lugar vestidas de blanco inmaculado, una docena de niñas color caramelo trabajando una huerta levantada en bancales, tres perros sin raza y gallinas. Poco más allá, la selva protegía el lugar con sus humedades, aullidos y lianas.

Al sentarse, el mundo se le cayó encima disfrazado con la caricia dulce de la muerte y lo apartó hacia dentro. Fijó la mirada en la nada. Vaciarse requiere su curso, y así se quedó.

Algún tiempo después de que partiera Walter Salazar con su ranchera, que podía ser poco tiempo o también ser más, ya se habían juntado las niñas a sus pies, sentadas en el suelo, de rodillas, tumbadas. Todas miraban en dirección al mismo ningún lugar que ella. Con las nubes negras y a su misma velocidad llegaron los perros y entonces empezó a llover la tarde como iban a llover todas las tardes, cayéndose de arriba, dejándose caer. La mujer se sintió penetrada por la humedad violenta, traspasada y cubierta. Oyó hacia dentro cómo se le empezaban despegando por fin, con lentitud, tras días de trayecto, pliegues y junturas, abriendo a su paso un hambre fragante cuya concisión cargaba la secreta esperanza de vivir, sencillamente. Creyó notar el corazón en el pecho y sintió unas ganas inaplazables de orinar.

Las maletas seguían junto a ella, a la derecha de la mecedora de caña en la que desde su llegada seguía sin balancearse. Dudó. Hacía un rato que no veía pasar a ninguna persona adulta, y en cualquier caso tampoco se le ocurría cómo podía hacerse entender en su apremio sin palabras. Espantó todas las opciones que se le ocurrieron para señalar que necesitaba un retrete, pero bastó que fijara la vista por fin en algo realmente existente para que el mundo volviera a ponerse en movimiento y las cosas, a existir. Se le ocurrió que por eso había dejado de llover en aquel momento exacto. Descendía entonces un aroma de océano.

«Vamos, Elseñor», dijo al pequeño mono peludo una niña dulce, morena y chupada. Y se dio cuenta de que era la primera voz que oía desde el destemplado recibimiento de su anfitriona, más allá de algunas risillas infantiles y los aullidos de monos y aves que llegaban desde la espesura de la jungla, ahí al lado. «Vamos, Elseñor, vamos a por los quinqués». Se volvió hacia ella y repitió: «los quinqués». Instintivamente, la mujer se rascó la pierna. Llevaba el cuerpo cubierto de heridas e hinchazones de picaduras. El repelente que le había dado Walter Salazar había hecho su trabajo a medias. «Al menos no he muerto», pensó sin darse cuenta de que se encogía de hombros. El mono al que llamaban Elseñor siguió a la pequeña hacia un lateral de la casa que quedaba fuera de su vista. Había salido a darle la bienvenida a su llegada y tras un rato, no recordaba el momento, desapareció. «Debe de haberse aburrido de mí», pensó, y le resultó gracioso que no le importara el hecho de aburrir. Tanto esfuerzo durante toda su vida para no aburrir y había tenido que llegar un mono araña en una tierra remota a plantárselo ante las narices.

Cuando regresó a las cosas existentes estaba agotada. Se encontró con el cuerpo en un rudimentario cuarto de baño con letrina aparte sin saber cómo había llegado allí. La cabeza tiraba de ella hacia el pasado. Se dijo que no había viajado hasta aquel lejano lugar para dar de comer a la nostalgia. «La nostalgia se alimenta de vísceras y las convierte en pez», pensó. Se desnudó distraídamente mientras recorría con la vista las fotos ya descoloridas, recortes de revistas pegados en las paredes. La mayoría eran retratos de animales, monos, loros, pumas, caimanes, anacondas, la fauna de alguna novelilla de aventuras que de golpe era real. Aquí y allá había también imágenes de algunas mujeres anunciando cremas o ropas sacadas de magacines de los años cincuenta y sesenta. Con las manos tomó agua de un bidón tapizado en verdín y fue lavando cada miembro de su cuerpo como si fuera loza. Esto es un cuerpo, esto es un brazo, esta es la axila, repasando mentalmente la lección de su anatomía. «El cuerpo es importante. Todo está en el cuerpo». Acabado el aseo, se secó con la camiseta y salió descalza, no por el estado astroso de las zapatillas, piedras de barro seco, sino porque le pareció una falta de cortesía hacer lo contrario en una casa sin zapatos, casa de suelas. Se arrepintió al darse cuenta de que el exterior al que se abría el cuarto de baño no era el porche de madera, sino un patio de tierra pisada sembrado de cantos y abrojos. Bajó un escalón, metió el pie derecho en el barro fresco, después el izquierdo, y entonces, plantada en la tierra de tormenta, sintió por fin una lejanísima emoción doméstica. Fue consciente del océano y recordó el océano.

En el patio cuadrado de la casa había un horno de piedra con losa para amasar, parrilla y una hoguera en aquel momento ya en ascuas. De ahí procedía el olor de leña que había notado al llegar. El recinto estaba cubierto, en su parte más alejada de la casa, por un techado de palma seca bajo el que se amontonaban ollas, cuencos y un desbarajuste de cachivaches, muchos de los cuales no supo identificar. Sobre ellos una decoración de mazorcas de maíz secando su belleza. Algunos monos de la costa golpeaban el suelo con semillas. Cundía la mugre lavada del campo más humilde.

—¿Se va a sentar a comer o usted no come?

Le pareció que la Española estaba al mando. La miraba con los brazos en jarras. Se veía que estaba acostumbrada a dar órdenes rudas y que le gustaba. La Extranjera pensó que parecía una ficción, que lo hacía de puro tímida, como en colegio de monjas. Poco a poco iban apareciendo más mujeres del lugar, todas vestidas de un blanco perfecto. Se preguntó dónde lavaban la ropa y con qué.

Al contrario que ellas, la mujer llamada Lola la Española era blanca, pero su tostado duro y algo cuarteado parecía permanente y quién sabe si perpetuo. Vestía un sayo crudo color tabaco que no era túnica sino saco cuadrado al que le habían abierto un agujero largo para meter la cabeza y otros dos para los brazos. La Extranjera sintió unas ganas inmediatas de hacer lo mismo, agujeros, agujeros en telas y sacos, agujeros para cabezas, agujeros para brazos, agujeros para vivir dentro, agujeros donde latir, agujeros. El mundo dentro de un saco y nada más. La Española se le plantó delante sin desafío y era un animal olisqueando a otro que podría hacer lo mismo, buscar restos de aromas, hogares, criaturas, hombres, mujeres, parqués y caminos.

—¿Eres muda de verdad? —dijo la Española.

La distensión en la cara de la recién llegada evidenció que al menos no era sorda y entendía el castellano. Dejó caer algo de la piedra que cargaba en la mirada pensando que era demasiado camino arrastrando tanto hielo. Algo debieron de notar las niñas. Una pequeña corrió hacia ella y le abrazó la pierna. Su calor contra la piel desnuda era de café. Al ver el latido alegre que sacudió al resto, se dijo que ya era suficiente y alargó la mano hacia su anfitriona, que la miró con algo que aún no era amabilidad.

—No eres sorda, no hablas, no sé de dónde coño has salido ni cómo has llegado aquí, eres blanca y tienes aspecto de haber viajado mucho más de lo que crees. ¿Me puedes decir de alguna manera al menos cómo te llamas, o escribirlo?

De haber sido capaz, la mujer le habría pedido que sencillamente no la llamara, pero teniendo en cuenta que había decidido pasar allí una temporada, arqueó las cejas como quien se resigna a una imposibilidad. La Española le dio la mano y desde detrás de la Casa Grande aparecieron otras dos mujeres, también blancas.

—Son las hijas de monja —explicó la Española y soltó una carcajada animal—. Chicas, les presento a la Extranjera, doña Extranjera Pasmada.

Ya tenía nombre y no le disgustó. Acababa de describir su estado con la palabra que llevaba días sin encontrar. Detrás de las hijas de monja llegaban más jóvenes del lugar elegantemente coronadas de alegrías. A un gesto de ellas, las niñas de más edad corrieron hacia un rincón del patio y volvieron con un recipiente de barro amasado. Agarraron el bote de repelente que le había dado Walter Salazar, lo lanzaron a una esquina, y la llevaron de la mano al interior de la Casa Grande. Entre risas, la desnudaron completamente mientras ella se dejaba hacer como si estuviera en un hospital convaleciente tras alguna molesta operación sin importancia. Recordó cuánto había deseado un hospital. Cuando regresó para la comida común, llevaba el cuerpo entero cubierto de un ungüento pegajoso cuyo aroma, que podría haber considerado hediondo en cualquier otra vida, no le resultó desagradable.

2

—Era hermosísima. —Miró hacia el río y repitió—: Hermosísima. —Se trataba de una de las mujeres a las que la Española llamaba hijas de monja—. Me llamo Marta, Marta la Negra —dijo sin mirarle. La noche estaba erizada de insectos. De vez en cuando, la jungla lanzaba un silbido para recordarles su perpetua armonía soberana—. Ellos mandan, este es su territorio —dijo la hija de monja llamada Marta. De lejos llegaba el aroma salado del océano.

La Extranjera había dormido las pocas horas de luz que le quedaban al día tras la comida con el cuerpo cocido en sudores, bien alimentado y decidida a abrirles la puerta a piedras y hielos, con la certeza de que tardarían aún mucho tiempo en ir cayendo.

Ya la noche había hecho de aquel pequeño mundo un caldo oscuro en fermentación cuando empezó a andar por el sendero que partía desde la Casa Grande en sentido opuesto a la selva con esa determinación sin oscuridades que sube desde los pies errantes hasta convertir la cabeza en animal. La guiaba el aroma del mar. La luna lucía alta y mediada, lo justo para evitar las trampas del sendero a medio desbrozar, pero era un sendero. Se sintió una intrusa. No una extraña, sino una intrusa que había entrado sin permiso ni hacer ruido, testarudamente, en todo lo que la rodeaba. «En algunos pueblos los llaman forasteros y los matan», se le ocurrió. Caminaba por caminar, por no hacer lo contrario, cuando se dio cuenta de que se dirigía hacia el sonido del agua, de algún agua. Al ver por fin un río, vislumbró también la figura de una mujer sentada en un gran tronco mochado y medio podrido entre los helechales, cerca de la orilla. Todo parecía medio podrido. Sin volverse a mirarla, aquella sombra iluminada en una paz que podría haber resultado siniestra hizo un gesto con la mano, palmeó el tronco a su derecha, la invitó a acompañarle. «No temas, yo nací aquí».

Ella no supo si con el temor se refería a sí misma o a las bestias. «Yo no temo. No soy forastera, soy extranjera». Se acomodó en el tronco con la ropa pegada al cuerpo en humedad y sudor. El ungüento de las niñas conseguía que avanzara sin picaduras, pero arrastrando hojarascas y restos vegetales pegados a la piel de manos, brazos y pies. Le llegó aroma verde de los reptiles. Vestía ya un saco como el de su anfitriona, de la misma arpilla cruda color tabaco y con los mismos tres agujeros, uno para la cabeza y dos para los brazos. Fue lo primero que recibió tras su plato de arroz.

«No eres la primera mujer que va a escuchar la historia que no se olvida, la que nos pertenece», murmuró Marta la Negra. «Mi madre me dijo que vendrías». La Extranjera pensó «su madre», y no se hizo preguntas.

La Extranjera se ensimismó en la tarea de ir despegándose palitos, cortezas, hojillas y algún insecto pegados a las manos, frotándose el barrito de entre los dedos. De vez en cuando manoteaba el aire tratando de ahuyentar mosquitos y entonces parecía salir del estupor y volver a la vida. Cuando se sobresaltaba por los ruidos de pisadas y movimientos entre el forraje, también. «No te picarán, no sufrirás daño mientras estés conmigo. Ya te dije que yo he nacido aquí. No soy como ellos —con un gesto vago de la mano señaló hacia atrás—. Yo ya nací extranjera aquí, como tú soy una extraña, pero de otra manera». Hizo una pausa y siguió hablando. «Te voy a contar la historia de la reina Juana, que es tu reina, nuestra reina. Su historia, mujer, es tu historia. Escucha. Es larga de entender como tu existencia.

»Juana era la más hermosa de las hijas de la reina, hermosísima y apenas era mujer cuando la enviaron a ser ya para siempre extranjera. La mandaron surcando el mar con trescientas naves, tres mil hombres y mujeres a su servicio, baúles repletos de los más ricos ropajes, tiaras de reina, joyas deslumbrantes, cruces con engarces de diamantes, esmeraldas y rubíes, esclavas, preceptores y obispos. Sola». La Negra hizo una pausa breve, un viaje corto. «La mandaron sola y sin saber qué era ella ni cuál acabaría siendo su destino. Sus padres, los reyes, no lo sabían. Ella tampoco. Te educan, ¿sabes? Para ser reina te educan, cuando ese será el designio de tu tiempo en esta vida, pero aquella preciosa joven indómita e insolente no estaba destinada a reinar. Al menos no así, no como acabó ocurriendo. Cristóbal Colón acababa de regresar a España de su segundo viaje a las Indias, pero eso ella no lo habría de saber jamás».

Las blancas manos de Marta la Negra parecían sobre su regazo dos dulces camino de secarse. Hablaba con la mirada fija en el río, que desplegaba a la luz de la luna su seguridad sin olvidos. La Extranjera calculó que aquella hija de monja debía de rondar los treinta, sin duda era más joven que ella, parecía a la vez joven y muy vieja. También parecía carecer de peso, de masa, un hojaldre. Su perfil afilado tenía un rastro místico de frente despejada, redondos ojos castaños, pómulos altos y nariz recta sobre un largo cuello de ave. Le recordó a algún retrato de santa Ana en sus libros de catecismo o en alguna pintura antigua y pensó que le faltaba la túnica, un manto blanco o quizá negro sobre la cabeza. No movía las manos. No apartaba los ojos del río. Solo movía la boca al hablar. Era blanquísima y se preguntó por qué la llamaban La Negra.

«¿Tú sabes lo que es ser extranjera en tierra hostil? Significa llegar a un lugar donde ningún amparo existe ni puede existir, donde atada al dictado tirano del destino te arañas la cara de pura soledad o deseas ser nada, madera o piedra, nada». La Extranjera Pasmada no se preguntó de qué le estaba hablando ni por qué. Allí se encontraba, por fin había llegado. Volvió a pensar «los muertos no defraudan» y dejó de oír cualquier sonido que no fuera aquella voz. Fijó los ojos en el mismo río y ya no volvió a pensar en su vida ni en sí misma. El río apenas gorjeaba su discurrir antiguo.

«Ella tenía el cuerpo, solo eso, el cuerpo. A ti te queda lo mismo. El cuerpo es un arma poderosa, el arma de la vida y de la muerte. Da vida y puede quitarla. El cuerpo mata y puede decidir morir. Nuestra reina Juana lo aprendió a una edad demasiado temprana. Antes que tú, Extranjera, muchísimo antes. Cuando ya te lo han quitado todo, aún te queda el cuerpo».

Entonces, aún noche cerrada, la Extranjera partió.

3

No se le hizo extraño el canto del gallo al amanecer después de aquel viaje jalonado de perros y gallos. Un perro ladró. «Quiero gallos, siempre quise gallos». La noche no había refrescado, una noche desnuda como ella, desnuda, agitada, empapada y con el alma revuelta en sonidos de aparatos que ya no existen. En su ruta por mar hasta la ciudad a la que solo se accedía en barca había visto aldeas y edificaciones, agrupadas o solitarias, pero ninguna como aquella casa sólida sin poblado ni carretera en la que despertó. La barcaza en la que hizo el trayecto cargaba en la popa chata una piara dentro de un vallado y gentes, muchas gentes de todas las edades, un capitán con la cabeza pelada como una sandía sin abrir y aves de distinto plumaje, casi todas gallinas. El lanchón había ido parando como un autobús pesado y cocodrilo una vez y otra vez todo el rato en lugares donde bajaban paisanos flacos que fumaban y mujeres cargadas con fardos a punto de reventar de tela vieja. En algunos lugares habían sido recibidos con música, orquestas sencillas con tres o cuatro instrumentos de artesanos locales. Ah, pero la orquesta de la Ciudad

Grande donde debía encontrarse con el hombre llamado Walter Salazar se oía ya kilómetros antes de llegar, quién sabe cuántas horas de espera llevaban tocando, quizá desde el amanecer. La oyó con el papel donde se leía «Walter Salazar Cyber coffee» estrujado en la mano y sudado. Cada poco le soplaba agitándolo ante su cara para que la humedad, la suya, la del río o la del aire, no le borrara las letras. *Cyber coffee* no parecía una idea posible ante aquella orquesta compuesta por una docena de músicos ataviados de hace un siglo que arreció en desafinos en cuanto les vieron el morro. Si perdía aquel papel o se borraban las letras de nada serviría haberlas memorizado y repetido como los misterios de un rosario durante tres días. Pensaba que si no estaba escrito lo podía llevar el viento helado del hueco donde no le anidaba nada.

Recordó todo aquello antes de poner un pie en la madera de la habitación donde había despertado, una madera en listones, «cuidado con las astillas, me hacen falta los dos pies», pensó. «Se puede vivir sin manos, pero no sin pies». Después pensó en parqués. Tenía un dormitorio para ella sola, y había más habitaciones. Su nuevo hogar era un edificio consistente de una planta a la manera occidental o austral, o rica. «Ser rico es una idea idiota», y levantó por fin su esqueleto, cuya recién estrenada pelea con la humedad permanecería hasta el último día allí. Afuera ya se oía el ruido de pasos y cachivaches de lata, golpes, los chillidos del mono llamado Elseñor, algún jadeo, silbidos de primate y ninguna voz articulada. Silencio, al fin y al cabo. «El silencio podría ser esto».

De pie, giró sobre sí misma sin dar un paso. El espacio era blanco y en los desconchones mostraba las vergüenzas de un azulón anterior. Un catre suplicando su funeral, restos de un espejo sobre un aguamanil de lata con pastilla de jabón, y un montón multicolor de telas que podrían ser ropa de cama o retales para cintas de adornos y ribetes. Pensó en la necesidad de cosas inútiles y llamativas, como la ropa para cubrirse en un lugar donde las noches no alteran las espesas humedades del día, no ventilan ni refrescan. Pasó por su mente un comedor con vajilla antigua y copas labradas. En la pared opuesta al espejo, tras un trapo naranja, rojo, amarillo, fucsia, morado, azul y más naranja, la ventana se abría a las risas de mico y silbidos de ave que llegaban de la selva, ahí al lado. Habría de acostumbrarse sin molestia ni hartazgo a las risas de mico y silbidos de ave y más risas de mico y más silbidos de ave, aullidos, divina música sin mecanismos. Los gritos de algunos monos sonaban a perro ronco o a la risa de un viejo fumador.

En ningún momento desde su llegada a aquella zona de la costa del Este le había causado temor la selva. Venía cargando un anhelo de gallos y junglas desde que partió de su tierra, más allá del océano. No temía a la selva, sí a los ríos, a cualquier agua, el aguamundo del Pacífico o las agüitas que lamían las rocas en picado. Pese a ello, aquel primer amanecer se enfundó el sayo, se calzó sus viejas zapatillas de piedra ya seca y salió de su pieza sin mirar nada ni a nadie. Cruzó una sala y el patio habiendo decidido que no se cruzaba con nadie en su particular soledad, tercamente con nadie, ciega y muda y sorda con nadie. Ante la atenta mirada de las niñas y sus madres, se encaminó hacia el río recorriendo el mismo camino que la noche anterior.

Quería más. Tenía prisa.

Los helechos y las grandes hojas verde intenso a la luz de la mañana reciente parecían animales y le encogían de temor las nalgas. Pugnaban por tapar la herida de aquel sendero trazado a machete, recuperar su espacio. «No hay diferencia entre una planta y una mantis o una víbora». Sintió que podía morir y no le pareció mal. Mucho debía de ser el empeño de aquellas mujeres, su decisión de abrirse paso. Anduvo siguiendo la orilla. El sonido del río más allá, amansado y ancho, no era ya el de un cauce que gorjea, sino el paso solemne de un rey negro cargado de vidas del mal, vidas del bien y una corte de bestias en su panza sin digestión. Bandadas de monos blanquinegros aullaban a su paso y echaban a volar aves de colores sin nombre que volvían a posarse y desaparecer entre el follaje más allá. Algunas piedras soleadas estaban cubiertas de mariposas azules. Andaba sin sorpresa en su empeño por ser nadie, pero andaba hacia el océano. Cuando por fin oyó el rugir del Pacífico, en dirección a su izquierda, no temió cruzar entre el ramaje y la hojarasca hasta que pisó la arena y se llenó los pulmones con sales del pasado.

Todo el camino había notado las pisadas tras ella mientras a cada paso retiraba otra hojilla, otro palito, otra corteza de su brazo izquierdo, del cuello y se pasaba los dedos de una mano por entre los dedos de la otra. Así un paso más y otro, así sin darse por enterada, porque era mayor su decisión de que no existía allí nadie, de que no existiera nada, ni ella. Eran pisadas humanas que la siguieron durante el largo trayecto. El sol iba disipando las brumas sobre aquel mundo vegetal. Si se hubiera permitido aceptar aquella presencia, habría tenido que enfrentarla para bien o para mal, tener algún trato, escuchar sus palabras, atender a sus gestos. De haber podido hablar, se habría vuelto en un «vete» suave.

«No venga sola hasta aquí». Ya lloraba el océano cuando oyó la voz de la mujer. Era la otra hija de monja. «No lo haga nunca». El cansancio, el hambre y su corazón no le habían permitido observar a las dos hijas de monja juntas el día anterior y, aun consciente de que eran dos, las percibió como una sola. Eran idénticas, y por eso se retiró para olvidarlas al momento como quería borrar cada cosa, minuciosamente, segundo a segundo, todo, aunque tuviera que volver a descubrirlo al minuto siguiente.

La hija de monja que tenía delante no era la de la noche anterior, pero a la vez que idéntica era lo contrario a ella. Los mismos ojos redondos, la misma frente alta y despejada, pómulos altos, nariz recta y labios trazados con el rotulador carmesí de un niño aplicado. Sin embargo, en vez de blanca, esta tenía la piel tostada café, como su anfitriona, Lola la Española, y el pelo todo blanco. A la Extranjera se le ocurrió que, de haberse encontrado con esta hija de monja al borde del río en la noche, el espanto la habría dejado helada, habría aullado más salvajemente que los monos. Aquella cabellera larga, espesa y blanquísima solo podía ser la de una aparecida. Con el tiempo se daría cuenta de que la Blanca vivía de día y la Negra, de noche. «No venga sola, ¿me oye?». Mirarle a los ojos sin más gesto le pareció respuesta suficiente. «No está segura aquí, esto está lleno de animales con los que no le gustaría encontrarse, enormes animales que usted ni imagina y otros minúsculos que no vería. Todos podrían matarle».

Las dos hijas de monja eran complementarias y eso también podría ser una forma de aparición. La Extranjera alargó la mano derecha y con el dedo índice rozó el cuero oscuro de aquel rostro, que no se inmutó. Era carne, una carne morena y dura de atún todavía sin secar del todo. Era exactamente el reverso de la otra, como su negativo fotográfico. «Hubo un tiempo de negativos fotográficos», evocó, «después hubo otro tiempo y otro y otro y después ya no había nada de todo aquello». Ese era un acto de voluntad. Que ya no hubiera nada lo era. «Amar es un acto de voluntad», recordó haber dicho en alguno de aquellos tiempos de los que ni recuerdo quedaba. La piel de la hija de monja de la noche anterior era blanca como la crema seca que queda al fondo del tarro, no como la leche de coco, como la de avellana, y tenía el cabello oscuro, largo y abundante, trenzado a la espalda. La que tenía enfrente lucía un tostado café y una larga y abundante melena blanca suelta, esta sí como el interior del coco.

«Aquí las cosas tienen su tiempo y el tiempo las reparte o a veces no lo hace. Usted tiene prisa y eso es una pérdida de tiempo aquí», dijo y se dio la vuelta. La Extranjera la siguió mansa porque aquella mujer ya existía definitivamente y había pinchado con sus palabras ordenadas la burbuja de la nada. Ella había soñado con la joven reina extranjera sin remedio ni consuelo, había soñado que era hija suya y marchaba a lomos de un caballo y ella la veía galopar por una gran avenida de la capital de España. Sin remedio ni consuelo. La Extranjera dejó atrás el océano sin tristeza porque volvería.

Al llegar a la casa, tomó una tajada de piña y café colado. «El café del maldito Walter Salazar es malo como orinado», oyó sin volverse a la Española. Después, se acercó hasta los bancales donde las niñas laboraban frutos y barros y se dedicó durante un tiempo que no le pareció corto ni largo a imitar aplicadamente sus gestos.

Cuando fueron a recoger los huevos donde las gallinas, decidió que ya era suficiente. Arrastraba un sembrado de hojas secas y terroncillos por todo el cuerpo y la cara, era una planta nueva, deslavazada y aprendiza en medio de la vegetal magnificencia.

4

La tarde trajo consigo sus nubes negras y el cielo se llovió de nuevo en una cortina fragante que despejaba la humedad y por unas horas dejaba lavado el día. El recogerse entonces de niñas, mujeres y perros tenía un aire de gentes bajo las arcadas de provincias de su infancia. Nada sucedía que no fuera la lluvia y las miradas. Nada sucedía tampoco en las miradas. «Llueve», dijo una de las niñas. «Sí, ya llueve», le respondió una de las mujeres jóvenes que podría ser su madre o no.

Después del almuerzo, la Extranjera se había dedicado precisamente a eso, a nada, a dejar que la nada se fuera posando sobre ella, segura de que la nada también es un acto de voluntad. Le ardía la piel, irritada por el sol y el ungüento repelente, y así se le pobló la mente de cremas hidratantes, las palabras *antiage* o contorno de ojos. Todas desaparecieron bajo el reproche propio. Eran otros lugares.

Cuando cayó la noche, en el mismo instante en el constató que dormía ya la última luz, emprendió su marcha hacia el río. Allí estaba la hija de monja de la noche anterior, con su piel blanquísima, sentada en el mismo tronco y en la misma postura, con sus huesudas manos de cera sobre el regazo. «La Negra» volvió a decirse.

«Era hermosísima y ni siquiera había llegado a mujer, dieciséis años, cuando pisó la cubierta de la nave que le esperaba en el puerto de Laredo. Su madre, la reina católica, la acompañaba, y nadie más. Entre los miles de almas de las trescientas embarcaciones, nadie más. Solo su madre. Se iba para siempre pero su padre, el rey, no estaba allí. Para siempre, sí, pero eso no iba a ser verdad, solo que nadie podía saberlo en aquel momento, ni nuestra reina Juana, ni su madre Isabel, ni los cientos de hombres de séquito y ejército que habían formado un prieto corredor reverencialmente inclinados para su paso, ni los miles de almas a su servicio que ya dormitaban en las naves que partirían rumbo al norte. Nadie sabía que aquella jovencísima hija de la reina habría de volver al cabo de pocos años ni con qué majestad.

»Por eso, su madre, la reina, en un gesto que nada tenía que ver con su sólida austeridad, subió con ella al barco, bajó a su panza, a una estancia cubierta de terciopelos grana con borlas doradas, amplia cama con dosel y servicios de aseo y camarería. Allí pasó la reina con su hija Juana la noche anterior a su partida».

Marta la Negra calló y el lejano rumor de ramas y hojarascas levantó una nube de aves. El silencio se quebró de silbidos naranjas. Por primera vez miró a la Extranjera, que vio en sus ojos la imagen de sí misma avanzando hacia la ignorancia.

«Allí estaban una reina y la tercera hija de una reina. Pero también estaban dos mujeres, una madre y una hija, ¿entiendes? En todos los reyes, en todas las reinas conviven dos cuerpos. Recuerda esto, Extranjera, esto es sustancial en la historia de la reina Juana, de todas las reinas.

Es sustancial para comprender cómo llegó nuestra reina a su final. Eso no es fácil como no es fácil el equilibrio entre la selva y nosotras. El cuerpo de reina permanece y se perpetúa. El de mujer, es, como el nuestro, de efímero paso por el mundo, nuestro ser en él. En Isabel y en Juana convivían, en cada una de ellas, el cuerpo de reina y el cuerpo de mujer. Así es y así ha sido siempre. El cuerpo de reina es el autoritario, el que ordena guerras y paz, cobra tributos y regala benevolencia, el que rige los destinos de las gentes, sus hogares, sus oraciones, sus casas y sus lechos, es la cabeza de su propio cuerpo y la cabeza de su pueblo. El cuerpo de mujer es el que ama y odia, aquel en el que laten el deseo y los celos, el arrebato y la carne, la tristeza inconsolable y las jovialidades desbordantes, la conciencia de sí misma en tanto que cuerpo. De mujer. Cuerpo de mujer. ¿Entiendes? Es importante, muy importante entenderlo. En los reyes, en las reinas, en Isabel la Católica, en su hija Juana. Ninguno de los dos existe sin el otro y sus existencias deben discurrir paralelas y templadas, deben mantener un dificilísimo equilibrio no siempre posible. En esta historia no lo fue, y verás por qué y lo entenderás como entiendes que tú has venido hasta aquí, a la soledad, buscando el silencio que no es el tuyo, pero es tuyo, el silencio conventual. Huir del mundo es necesario en algunas personas, retirarse y ser dentro de sí.

»Las que cruzaron entre el gran séquito inclinado ante las naves que componían una enorme ciudad flotante nunca vista que abarcaba kilómetros de costa eran la reina y la tercera hija de la reina. Las que entraron en los aposentos de la nave real eran dos mujeres, madre e hija. Nunca se habla de la madre, del cuerpo de madre que latía en la reina católica. Isabel era roca de austeridad, orden, rigor y cálculo. Ah, pero la mujer Isabel aullaba por castillos y palacios, se tiraba del pelo, golpeaba muebles y paredes a cada ausencia de su rey católico entre los muslos de la siguiente jovencita. Nuestra reina Juana, solo cuerpo de muchacha entonces, era la más especial de sus hijos e Isabel lo sabía desde que la vio dar sus primeros pasos. Era la que aparecía descalza aun en las rutas nevadas, la que se arrancaba el corpiño a la carrera, la que en la canícula recorría el palacio en enaguas, la risa más franca, el cariño más arrebatado, la mejor amazona del reino cuyo galope admiraba a los soldados tanto como causaba estupor en pueblos y caminos. Juana era aquella música que aligeraba las almas en las durísimas jornadas de toda la familia hacia el frente tañendo en tardes de hielo y mediodías ardientes, la que se empeñaba en cargar un libro entre sus prendas íntimas y obligaba a sus sirvientas a hacer otro tanto en campaña.

»La madre que entró en la estancia flotante dejó a la reina en el quicio de la puerta y abrió sus entretelas para dejar escapar la ternura que arrebata el corazón. Eso sintió Juana. Cuando Isabel miró a su hija al caer aquella última tarde, ya embarcadas, consciente de quién y cómo era Juana, solo vio ante sí el temor de una joven a punto de ser lanzada contra su voluntad hacia lo desconocido, expulsada de su familia, ella, su hija más cercana al hogar, más familiar. ¿Me entiendes? Tenía dieciséis años. Ignoraba el amor y, por supuesto, el deseo. Cuando pensaba que aquel trayecto concluiría en el matrimonio con un hombre al que no conocía, volvía a su cabeza la imagen habitual de su madre, la reina católica, gritando por palacios y caminos el nombre de Fernando, el rey católico, su padre, con alaridos de bestia, otras veces en larguísimos aullidos nocturnos de dolor. ¿Iba a ser esa su suerte, dolor y desgarro? ¿Era ese el destino de su viaje?

»Nunca olvides esto, Extranjera: Desde que su padre la encerró en 1509 y hasta su muerte en 1555, Juana, reina de Castilla, reina de Aragón, Valencia, Mallorca, Navarra, Nápoles, Sicilia-Cerdeña, condesa de Barcelona y duquesa titular consorte de Borgoña, nuestra reina Juana permaneció encerrada en una sola estancia de la casona-palacio-cárcel de Tordesillas. Repite conmigo, Extranjera: 46 años. 552 meses. 2.442 semanas. 17.094 días. 410.256 horas. Encerrada y a pesar de ser reina. Memorízalo, hay datos que deben permanecer en la memoria para ser legados. Datos, datos, los irrefutables datos. Durante aquel tiempo, Vasco Núñez de Balboa descubrió el Pacífico».

La hija de monja y la Extranjera permanecieron sentadas con la vista fija en el río durante un tiempo que podría ser largo o ser corto. Dos cuerpos. De mujer.

Noche tras noche la Extranjera acudía a sentarse al tronco del río. Así sucedería hasta el final...

«Todos somos lo que conocemos, vivimos en la memoria y de ahí partimos a crear más memoria sobre memoria. Cuando marchó hacia Borgoña, Juana conocía el calor del hogar, pero también conocía la desesperación de su madre, la reina. La imagen de su madre aullando infidelidades la atormentó durante todo el viaje, el miedo la paralizaba. La única herida de la reina Isabel la Católica, el único dolor que no podía ocultar de puro salvaje, el único que escapaba a sus rigores de reina, los únicos momentos en los que aquella colosa se agrietaba y mostraba su dolor con impudicia procedían de su esposo Fernando, el rey católico. Esa era la imagen que Juana cargaba por mar camino hacia su esposo en aquella tierra desconocida sin sol».

Marta la Negra hablaba con la misma voz que el primer día, invariablemente. La Extranjera nunca se preguntó dónde estaba cuando no estaba allí. La Negra vivía en algún lugar de la selva. Allí pasaba los días y supuso que también sus noches de ausencia.

«La noche anterior a su llegada, nuestra reina Juana volvió a soñar con las criadas crueles, se revolvía entre duermevelas, empapada en lágrimas y sudores febriles. "¿Sabes con quién estaba tu padre la noche que tú naciste?", y reían entre ellas con maullidos de gatas, uñitas de gata contra la piel de su rostro infantil, zarpazos que la hacían sangrar de ofuscación. No comprender el daño y aun así sentir el daño hasta sangrar. Juana sabía que aquello que las sirvientas decían era cruel, crudelísimo, le aceleraba el pulso y la sonrojaba de pudor, pero no podía coser la herida porque no conocía el cuchillo. Y así, día tras día, año tras año, hasta que decidió dejar de oír. Dejar de oír es un acto de voluntad. "¿Sabes en qué lecho pasará hoy la noche el rey?". No oírlo. "Agujeritos", decía una. "Agujeritos de miel para mi rey", añadía otra y danzaban a su alrededor pisando sus miniaturas a ver si el daño volvía.

»Ahora era otra. Juana la rebelde navegaba sin armas, desnuda, vulnerable y otra. Se sentía otra porque ya no era ella. Una es con sus gentes y en su sitio, fuera de ahí, una es extranjera de sí misma, no eres tú sino otra, Extranjera, otra. Juana no tenía a qué agarrarse y se abrazó a su trompeta marina como a su ser pasado. Pero finalmente incluso aquel magnífico instrumento le arrebatarían.

»Había partido de Laredo un mundo de carracas, naos, carabelas y un centenar de navíos mercantes. Era en verdad un universo en desplazamiento, flotante, con una tripulación de tres mil quinientos hombres. Todo lo que los reyes más poderosos conocidos necesitaban para mostrar su poder, todo lo que creían necesario para desplazar su riqueza y su soberanía, un acto de preponderancia levantado sobre los hombros de una cría de dieciséis años que su madre vio partir abrazada a su instrumento. Todo ello levantado también sobre el riguroso complejo de inferioridad de los Reyes Católicos. Viajaban con ella damas de compañía, elegantes descendientes de la nobleza, amigas de una hija de reina, siervas, esclavas, un séquito de mujeres llamadas a ir desapareciendo engullidas por el extraño mundo al que iban a llegar, borradas por la niebla del desprecio o huyendo de lo mismo.

»Juana arrancó la travesía llorándole al futuro con la única cuerda de su trompa marina. ¿Sabes tú qué es, Extranjera, una trompeta marina? La trompa marina es un instrumento desconocido ahora, nadie oye hablar de las trompas y, sin embargo, es el instrumento que acaricia la superficie de los cuerpos celestes, hija del monocordio de Pitágoras. ¿Sabes tú quién fue Pitágoras, mujer?». La Extranjera realizó un levísimo asentimiento con la cabeza que podría no ser tal. «No sé si se conoce a Pitágoras y su monocordio. Una sola cuerda y en ella todas las melodías existentes y las posibles. La música de las esferas, la llamaba, matemático. ¿Para qué atesoramos todos estos conocimientos? ¿Es para que permanezcan, que no desaparezcan? Así lo pensó mi madre, y antes que ella su madre, y aún antes mi bisabuela, y así siempre. Viajé una vez a mi país, cruzando el océano, viajé con mi hermana y supimos que jamás volveríamos a pisar esa tierra. ¿Para qué toda la exquisita y exhaustiva educación humanista de Juana, empeño de su madre, la reina católica? Sabía de filosofía y teología, discutía con los maestros de la época, hablaba el latín, en su biblioteca descansaban volúmenes de Virgilio, Tito Livio, Séneca y Boccaccio, conocía la música y era diestra en el manejo de diversos instrumentos entre los que prefería el clavicordio, pero su trompa marina era cuerpo, exigía abrazo y descansaba sobre su hombro. Su danza era exacta y su galope admirado en campos y aldeas. Y todo antes de cumplir los dieciséis. ¿Para qué? Sin duda una debería pensar que se trataba de prepararla para la vida. ¿Para qué vida? La educación humanista de la hija de la reina Isabel, en cualquier caso, la preparaba para una vida que no habría de disfrutar, que no era posible. Su madre, la reina, lo sabía. Con eso partió como equipaje, solo con eso. ¿Con ello la convirtieron en infeliz y en su propia enemiga? ¿Debemos pensar eso, podemos permitírnoslo a estas alturas del mundo y el tiempo? ¿Qué error fatal la llevó a reinar? ¿El mismo que la llevó a no hacerlo, a mantener el trono hasta el final? ¿Qué sintió entonces, qué náusea, qué vértigo? ¿Cómo reina una mujer delicadamente culta? De igual manera, ¿cómo casarse, ser estrictamente esposa? ¿Cómo no ceder a la tentación de recluirse, del silencio? Ceder, claro que sí, Extranjera, ceder.

»Ah, la reclusión. El recogimiento, Extranjera, el recogimiento. La trompa marina se llamó también "el violín de las monjas", ¿lo sabías? No, nadie sabe nada. Ahora ya lo sabes. Lo llamaban así porque a las monjas se les prohibía tocar la trompeta en las ceremonias religiosas, en las iglesias, y ahí estuvo su suerte. A eso me refiero, un mundo conventual en el que el sonido se destila para dibujar el silencio. Un silencio permitido como refugio, tolerado a ellas, y como refugio el instrumento del no-ruido. Sabes a qué me refiero, Extranjera. Vienes aquí huyendo del ruido. A Juana la ataron a él, la condenaron, la ensuciaron con el ruido y sin su instrumento.

»Cuando llegó al puerto de aquellos nortes, el hombre con quien iba a desposarse no estaba allí. Sintió un desamparo absurdo. ¿Por qué iba a estar? ¿Acaso había acudido su padre a despedirla? Supuso que aquellos trámites eran asuntos de mujeres, pero a ella no la enviaban a compartir su vida con una mujer sino con un hombre. Y no había acudido a recibirla. Juana llevaba tres días de aseo solo para preparar ese momento, una interminable sesión temblorosa de afeites en alta mar, tres días y tres noches de tormenta, gritos y anuncios de muertes mientras ella se recorría brazos y tobillos, los deditos del pie con las yemas de los dedos, las enaguas pegadas a sus pechos dentro de la tina. "Usa tu cuerpo", le habían dicho Isabel, la reina, y su madre, que eran dos en la misma persona...

»Durante aquellas jornadas, "Usa tu cuerpo, Juana", mantuvo el cuerpo en aguas y óleos mientras duraba el día y algunas mujeres, las más próximas, pajariteaban excitadas a su alrededor sin romper la cáscara de su ensimismamiento. Pasaba las noches enteras acariciando de su gran trompa marina tristísimas melodías que hacían llorar a los peces y los marineros. Era un abrazo de amor. La trompa marina tiene el tamaño de un hombre y puede ser aún mayor, mayor que Juana sin duda. Como un descomunal violonchelo triangular, con la base descansada en el suelo, se inclina hasta apoyar su largo mástil sobre el hombro, cuerpo magnífico de música celestial. El esbelto cuerpo de su amado.

»Cuando puso el pie en tierra supo de la pérdida de todos sus ropajes, vestidos, telas y joyas en un naufragio en el que también se hundieron más de setecientos hombres. No lloró porque su desamparo ya no tenía límites. Se le escarchó el corazón y una bandada fúnebre de córvidos anunció el reino de las sombras».

La voz de Marta la Negra se quebró y una lágrima recorrió su mejilla, luego otra y otra. Caían sin sollozo ni gesto. La Extranjera sintió un escalofrío. Entonces, la narradora recitó como aprendido de memoria, sin dejar de llorar: «El 20 de octubre de 1496, diecisiete días antes de cumplir los diecisiete años y recién llegada a Flandes, Juana, tercera hija de Isabel y Fernando, los Reyes Católicos, la más poderosa dinastía conocida, se casó con Felipe I de Habsburgo y duque de Borgoña, hijo del emperador Maximiliano de Austria. De urgencia. De urgencia sexual del joven noble y quizá de urgencia de calor de Juana. Era ya archiduquesa de Austria, duquesa de Borgoña y Bravante y condesa de Flandes. Y nadie la quería allí. El tiempo discurrido desde que puso el pie en tierra hasta que se casó con Felipe de Habsburgo, llovió y llovió por campos y caminos, llovió y llovió un cielo de acero oscuro, llovió barrizales y empedrados brillantes donde las pezuñas de las caballerías resbalaban contra los muros. No así las de Juana.

»Nunca olvides: 46 años. 552 meses. 2.442 semanas. 17.094 días. 410.256 horas. Encerrada y a pesar de ser reina. Durante aquel tiempo, Copérnico publicó la teoría heliocéntrica en *De revolutionibus*. Y ella lo supo, muy al final de sus días, pero lo supo».

5

«Eh, tú, Pasmada». La Extranjera se acostumbraría a las voces de la Española. «¿Sabes por qué llamamos hijas de monja a las hijas de monja?». Ella dejó de fregar la olla que tenía entre manos y la miró con atención porque sentía curiosidad verdadera. «Pues porque las parió una monja, Extranjera, una monja». Su carcajada echó a volar la selva, un coro de monos soltó su ondear de aullidos salvaje, a la Extranjera se le cayó el cacharro y los ladridos de los perros llegaron hasta la cocina seguidos de los propios animales. «No hay ruido en el silencio», pensó. «No hay ruido en todo esto». Se acercó hasta donde estaba su anfitriona, tiró de su brazo hacia ella y le dio la mano. La otra no hizo amago de enterarse. «Las monjas, Extranjera, recuerda esta pregunta y mira bien quién te la hace, yo: ¿Qué es una monja?».

Recordó que, a su llegada, en su primer contacto con su anfitriona, sintió un aire de impostura en ella. Era por aquella risa, aquellas voces dentro del sayo de sarga. Era una mujer evidente, ruidosamente española, que rompía con rotundidad el transcurrir sereno de los días allí, y sin embargo no había incoherencia en todo aquello. Entró la hija de monja de abundante pelo cano, no su narradora nocturna, sino la otra. «Mira tú por dónde», Lola la Española hizo un gesto teatral, «Extranjera Pasmada, te presento de nuevo a la Blanca, María la Blanca». Esta sonrió con la mueca de una madre ante la enésima vez que su cría remata el truco de siempre con la frase de siempre ante el siguiente extraño. «Es por su pelo, claro». El pozo de sus carcajadas parecía rojo y sin fondo. «Se llama María la Blanca, pero mírala, es casi tan negra como yo a estas alturas, pero por detrás no lo ves, si están de espaldas esta es blanca y la otra es negra. Por su pelo». La hija de monja llamada María la Blanca puso un cacillo con agua en el fuego y echó una ralladura de lima. «Efectivamente, es por el color del cabello, y sí, mi hermana y yo somos hijas de monja». Luego dijo: «Faltarán sal, café y cigarrillos». De haber podido, la Extranjera habría preguntado por Walter Salazar, por cuándo iba a volver. «Somos María la blanca y Marta la Negra. Está bien así». El calificativo, ocioso, formaba parte de la necesidad de paradojas. «La Española, la Negra, la Blanca, la Extranjera Pasmada», pensó.

El lugar era un antiguo convento. «No una misión, sino un convento», explicó apartándose la melena blanca de la cara. La Extranjera pensó que las aparecidas no tienen el cabello tan abundante. «Aquí no se enseñaba, se vivía. Llegaron hasta aquí, dentro de la selva y lejos de todo, no para difundir mensajes sino para estar tranquilas, y en ese sentido era un convento». Se sentó sobre un poyo de madera y se descalzó. Las sandalias de todas ellas eran una suela de cuero atada al tobillo con cuerda fina. La Extranjera volvió a pensar en imágenes salidas de su catecismo infantil.

Walter Salazar le había contado la historia. ¿O la sabía desde antes? La primea monja que llegó fue la Bisabuela, la Bisa María. Había llegado a la capital de aquel lejano país a mediados de los años cuarenta desde la ciudad de Trujillo, en Cáceres, española. Aquella mujer que acabó siendo bisabuela de una estirpe de monjas aterrizó en su quinto mes de embarazo y aún esperó a pisar la ciudad de la costa para parir. Mejor cuanta menos gente, cuantas menos normas, mejor cuantos menos templos. El por qué viajó hasta allí no admitía respuestas fáciles. ¿Por qué viaja una mujer para siempre? ¿De qué huye? ¿Huye de sí misma, del territorio, del pasado? ¿Huye acaso? Nadie conoció la respuesta, quizá ni siquiera ella, pero la vida de una monja preñada en la España de los cuarenta no era fácil, aunque esa respuesta no sirve para viajar en ella.

«Cuando llegó no era monja ni esto era un convento», interrumpía invariablemente la Española, presumiendo de que ella había conocido a la Bisabuela y había oído aquello de sus propios labios. Y era cierto que cuando Lola la Española bajó de la furgoneta de Walter Salazar un martes de septiembre del año 2005 todas las monjas, la bisabuela, la abuela, la hija vivían aún en la Casa Grande. La Española cargaba entonces en la ranchera a una madre del lugar preñada con sus cuatro hijas, chupando sendas cañas dulces.

La Bisabuela monja llamada María llegó hasta allí por mar con otras tres mujeres, monjas también. En cuanto bajó de la barca que las llevó hasta la Ciudad Grande, parió una criatura de un rosado extremeño y pulmón de nadadora, como quedó demostrado durante sus primeros dos años de vida. La llamaron María II, para diferenciarla de su madre. Cuando aquella criatura, cumplidos los dos años dejó la teta y a la vez de llorar, las cuatro monjas llegadas a la ciudad la cargaron por turnos a la espalda con un pañolón colorado y se echaron al interior, por la selva, armadas de una brújula en busca de un antiguo convento. Tras cuatro semanas de fiebres vegetales, miedo, poblados y bosque, llegaron por fin al punto que llevaban señalado en el mapa. Habían tenido que fabricarse una camilla con caña brava y fibra para trasladar a la cría, alimentada con piña, caña y chupando, como ellas, tiras de pescado seco.

Ninguna de las cuatro sabía interpretar aquel mapa con certeza. Dibujada con fina precisión, una línea unía la capital con la ciudad a la que no se podía acceder más que por mar, la rodeaba con una circunferencia de elegante trazo, y de allí partía hacia un lugar situado a unos veinte kilómetros siguiendo el curso del río en dirección este, hacia el océano. Dicho punto sin nombre ni rastro alguno en el plano estaba también marcado, pero con decenas de círculos superpuestos como si alguien hubiera enloquecido en tinta. Sobre el borrón, unas coordenadas de nuevo elegantes cuyo significado ignoraban. Dibujada con fina precisión, una línea unía la capital con la Ciudad Grande y esta con otra menor a la que no se podía acceder más que por mar, la rodeaba con una circunferencia de elegante trazo, y de allí partía hacia un lugar situado a unos veinte kilómetros siguiendo el curso del río en dirección este, atravesando la jungla. Dicho punto sin nombre ni rastro alguno en el plano estaba también marcado, pero con decenas de círculos superpuestos como si alguien hubiera enloquecido en tinta. Sobre el borrón, unas coordenadas de nuevo elegantes.

No pudieron tener por seguro que la casona que encontraron con sus pieles ya de cuero, era o no el convento que buscaban, ya que allí no había un alma ni un alma apareció jamás. Era la hora más negra de una empapada. Les bastaron las cruces de madera que adornaban algunas de las habitaciones para decidir que sí, que era aquel su destino.

Veinticinco años después, aquella niña rosada y flaca, María II, dio a luz su hija. La llamaron María III. Corría el año de 1970 y por los periódicos atrasados que les llevaba cada cierto tiempo Salazar el Viejo sabían que en su lejana España todo seguía como lo había dejado la Bisabuela monja María, exactamente igual. Tres generaciones ya e invariable su tierra maldita: la Bisa monja María, su hija María II y su nieta María III.

Durante años fue Salazar el Viejo quien las aprovisionó para vivir en las condiciones que la Bisa monja consideraba imprescindibles: gallinas, café de Colombia, sal, una petaca de ron, tabaco rubio americano y las ediciones de todos los periódicos que habían aparecido desde su viaje anterior, que solía ser cada tres semanas. Cargaba además algunas revistas de moda que el hombre añadía por decisión propia al considerar que no se las habían pedido por pudor. Ellas le arrancaron a la selva una huerta en bancales y levantaron un porche precario sobre maderos finos en homenaje a alguna casa materna que olvidaron inmediatamente.

Cuando llegó Lola la Española, María III hacía algunos años ya que había parido a sus gemelas, a quienes ya no pusieron número: María la Blanca y Marta la Negra, las bisnietas de la Bisa. A la española recién llegada le parecieron dos juncos idénticos asalvajados entre mujeres producidas en serie. No solo las monjas con hijas, sino más mujeres y niñas del lugar, todas vestidas de blanco inmaculado.

Por aquel entonces, María III tenía treinta y cinco años, María II, sesenta, y la Bisa monja una tostadísima y prieta edad de ochenta y cinco años nerviosos, ágiles y chupados. De las tres monjas que habían acompañado a la Bisa allá por los años cuarenta, solo quedaba una, algo más joven que ella y con las piernas hinchadas en líquidos. Con la llegada de aquella mujer que se presentó como Lola la Española decidieron que era el momento de regresar a España. Lo hicieron el 1 de enero de 2005 porque la Bisa monja decidió que con fechas exactas y números redondos todo sería más fácil de recordar y ser contado.

Walter Salazar había sustituido Salazar el Viejo, su abuelo, algunos años atrás y fue él quien las trasladó hasta la Ciudad Grande, y de allí a la capital, desde donde tomaron un avión hasta Madrid. Su condición de monjas, si es que alguna lo era, les facilitó el vuelo sin demasiados trámites, de la misma manera que les había facilitado la vida. La Madre monja preguntó a sus gemelas adolescentes si deseaban partir con ellas. María la Blanca y Marta la Negra miraron a las recién llegadas y tomaron dos decisiones que no quebrantarían jamás: que vivirían en la selva hasta su muerte y que ellas no eran ni serían monjas. Una había salido mística y la otra había decidido no tratar con varón. Así que ahí acabó la rama conventual de la estirpe de los Salazar.

6

Aún no había llegado al río cuando la Extranjera oyó la voz de la Negra como un discurrir paralelo.

«... el óvalo perfecto de su cara despedía una luz oriental, adelantada, un resplandor primigenio y limpio. Era de una belleza perfecta y clásica, sorprendía, era uno de esos rostros imán de los que no se puede despegar la vista, que vuelve las miradas a su paso y tras haber pasado queda una estela fragante y lejanísima. No había en aquella cara ni un rastro de vulgaridad, Extranjera, nada común. Tenía los mismos ojos rasgados que su madre, la reina, pero más rasgados. Los mismos ojos de penetrante inteligencia, pero más penetrante. La nariz recta partía el rostro en dos mitades simétricas. Tenía una de esas bocas que invitan a la conversación igual que al beso, con el labio superior dibujado en corazón y el inferior más grueso, de una sensualidad sin ordinariez. Era perfecta, Extranjera, esa perfección que solo la inteligencia ha acabado de pulir».

Su narradora se volvió a mirarla. La Extranjera siguió con la vista fija en ningún lugar de la oscuridad, pero notaba los ojos de la otra. Aquello no sucedía. Marta la Negra no miraba. Le incomodó la posibilidad de una comparación con la belleza de su reina Juana, y aun así no retiró el rostro.

«Se habla mucho de la bravura de Isabel la Católica, de su poderío y autoridad, de su desaseo, pero nada se dice del empeño de la Isabel madre en dotar a sus hijos de una gozosa y exhaustiva formación clásica, y ese tesón fue solo suyo, ahí no medió el rey Fernando. Fue ella quien seleccionó y mantuvo a los mejores maestros de la época y quien se hizo traer volúmenes escritos e instrumentos. ¿Con la intención de utilizarlos en pactos por territorios? Probable y tan incoherentemente. La belleza de la joven Juana no la procura la naturaleza sola, necesita macerarse en lo culto, música, poesía, conocimiento, ciencia, ejercicio, meditación, danza. Se llama elevación, y sin ella no existe la excelencia en los gestos. Era un rostro cincelado por la mano de muchos maestros, muchas disciplinas, como si Oriente y Occidente celebraran allí su encuentro cumbre, la estepa en ese único día en el que todo florece. Entonces, su rostro. Sí, eso, además de resplandecer en su rostro brotaba serena la naturaleza, pero no había exuberancia en ella, no era una de esas bellezas morenas, salvajes, sino un delicado retrato salido del pincel de un maestro asiático. Y cuando miraba, iluminaba el campo, yo qué sé, resultaba imposible no quedarse prendado de su luz. La inteligencia bailaba de puntillas en su semblante.

»Sin duda, la perentoria atracción física del archiduque Felipe al verla tuvo que ver además con su cuerpo. Juana realizaba ejercicios de danza a diario y largas cabalgadas por los campos que aquella inmensa corte itinerante iba cruzando. Piernas rectas, muslos fuertes, cintura estrecha y cadera firme, brazos de manejar las riendas y a la vez acostumbrados a trazar los delicados arcos de la danza clásica. Y sus pechos, Extranjera, sus blancos pechos llenos, duros, asomando sobre audaces escotes. Era tan joven tan joven, Extranjera.

»No lloraba.

»Bailaban, bailaban, bailaban, yacían, bailaban, volvían a yacer y todo resultó muy divertido hasta que dejó de serlo.

»Meses duró la presentación en sociedad de la nueva archiduquesa de Austria, duquesa de Borgoña y Bravante y condesa de Flandes, millas y millas duró. Por pueblos y ciudades, gentes de toda condición preparaban balconadas, calles, macizos de flores, cosían nuevas indumentarias y broches de falsos brillos a la espera del gran momento, aquel en el que los archiduques pasaran por allí su ser felices y dueños de sus vidas. Un fastuoso y festivo cortejo ambulante llevó a Juana en volandas de villa en villa y en cada una, la población la esperaba desde millas antes en un corredor anhelante y musical. Los bailes se sucedían entre alcoholes en un ambiente que Juana no tenía tiempo de sentir extravagante porque ella era la extravagancia misma. ¿Cómo interpretar todo aquello si había pasado su vida entera de batalla en batalla en la severísima corte itinerante de Castilla, con los helados inviernos y los ardientes veranos de aquellas tierras que ahora le parecían duras, secas, tristes? ¿Cómo comparar los días de formación e iglesia con aquel gozo constante, vida regalada?

»El año en el que se casó lo terminó en Bruselas. Allí entraron a mediados de diciembre de 1596 y la ciudad entera y los más altos miembros de la comunidad acudieron a rendirle pleitesía. Recién cumplidos los diecisiete años y uno antes de la muerte de su hermano Juan, heredero al trono, Juana vio inclinarse ante ella a todos los miembros de la nobleza, élites gobernantes y el clero, a grandes sabios, familias del teatro, músicos, danzarinas, oradores, poetas, gentes y bestias llegados de tierras salvajes, ella vestida de grana y oro, cubierta de pieles de animales cuya existencia ignoraba, celebrada como jamás había visto que nadie celebrara a su madre, la gran reina católica, ni a ninguna otra persona, como no podía ni haber imaginado. Su vida voló durante meses en un torbellino iridiscente de sedas y terciopelos que la elevó con paradas diarias en el lecho del que ya era su amado Felipe, el archiduque satisfecho que mostraba a su joven esposa, la elegida por el emperador Maximiliano para su hijo, la que habría de dar a luz al nuevo emperador, ante sus nobles y siervos admirados por la fresca belleza de ella, su carcajada, su elegante brío.

»Aquellas gentes flotaban en burbujas de alcohol, fiesta y alborozadas concupiscencias. Pero no era Juana la causa sino una buena excusa, otra más, quizá la mayor en su momento. Aquel año de 1596, a punto de terminar el siglo, año de su partida, de sus esponsales, del descubrimiento del sexo y de ser otra, ya amanecía en su último día cuando los jóvenes Juana y Felipe se dejaron caer en el lecho. Para ellos no existía el cansancio ni más obligación que el goce de sus cuerpos arrancándose a bocados las vestiduras, cabalgando, entregados a un éxtasis lúbrico que rebotaba contra las paredes de la alcoba. Exhausta, la muchacha pegó sus labios contra los de su hombre y preguntó en un castellano que él no conocía: "Dime, ¿es esto el paraíso o el infierno?", y la pregunta era verdadera. Poco le habría costado respondérsela de haber tenido intención.

»Cuando regresaron a casa, ya entrando la primavera, cerca de diez mil hombres de la tripulación que había acompañado a Juana hasta Borgoña habían muerto de hambre y frío bajo las heladas de un invierno de plomo en el que conocieron el desprecio más cruel y la peor de las torturas, la privación de alimento y cobijo. ¡Diez mil hombres, Extranjera, diez mil hombres muertos en un solo invierno! Quedaron vivos menos de cinco mil. De los que quedaron vivos, la mayoría ya estaba de vuelta en Castilla, lo mismo que las mujeres y hombres de la corte de Juana. Apenas resistía en Borgoña una docena del centenar de notables, clérigos y damas que la acompañaban. Su gente ya no existía. A cambio, borgoñones desafectos, aquellos que jamás desearon sus esponsales con el archiduque Felipe, ocupaban su lugar. Juana estaba más sola que al partir, más sola que la soledad misma. La resaca de los meses de feliz locura cayó sobre ella rodeada de gentes desconocidas que ignoraban su idioma y cuyo idioma desconocía ella, que se burlaban abiertamente de sus costumbres y detestaban cualquier persona o cosa que llegara de Castilla.

»Te cuento la historia de tu reina, Extranjera, nuestra reina, que es la historia de una mujer luminosa, culta, extraordinaria, pues no tenía igual, preparada desde su nacimiento para llevar una vida rica en conocimientos, gozos y bienes, criada en cruel contradicción. Pero ella se negó a admitir la contradicción, se empeñó en deshacer ese nudo de soga dañándose los dedos, rompiéndose las uñas, se negó a asumir un papel para el que no había nacido y por ello la castigaron minuciosa, diariamente, hasta el día de su muerte, pero incluso contra la muerte luchó, comprendió a la muerte y quién sabe si de sus conversaciones con ella nació un pacto. Comprendió a la muerte, la mantuvo a su lado contra toda presión y tortura, guardada junto a su cámara en féretro de plomo. Parió dos hijos y cuatro hijas y consiguió que todos ellos reinaran: Leonor reina de Portugal y Francia, Carlos I de España y V del Sacro Imperio Romano Germánico, Isabel reina de Dinamarca, Suecia y Noruega, Fernando rey de Hungría y Bohemia y emperador del Sacro Imperio Romano Germánico, María reina de Hungría y su queridísima Catalina, compañera de encierro, reina de Portugal. Memoriza conmigo, Extranjera, memoriza sus nombres conmigo y sus reinados, Extranjera. Seis hijos y todos sobrevivieron y ella misma sobrevivió a los seis partos, fuerza de la naturaleza como jamás se había conocido otra, que conversó con la muerte y quizá pactó con ella un abrazo final a los setenta y cuatro años. ¿Sabes tú, Extranjera, lo que suponía entonces alcanzar los setenta y cuatro años? Te estoy hablando de tu Juana, que es la mía, una mujer que reinó sin reinar, encerrada por su esposo primero, cuyo encierro selló su padre y renovó su propio hijo, en total cuarenta y seis años presa en la casona conventual de Tordesillas, desde entonces cárcel, presa en una sola estancia, Extranjera, no en una sola ciudad, no en un solo castillo o casona, en una sola cámara, la suya, vigilada allí dentro las veinticuatro horas del día, jamás sola y siempre sola con la compañía de sus dos carceleras, golpeada con cuerdas, atada a la silla, alimentada con violencia, privada de todo lo que era y había sido suyo, vituperada, calumniada, humillada, violentada, torturada y aun así cuerda. ¿Me entiendes? No te olvides de esto, aun así cuerda, porque su locura no consistía sino en ser diferente, no acatar el ritmo ni los usos de su tiempo y condición, imponer el cuerpo de mujer al cuerpo de reina y clamar contra los suyos y el destino, clamar contra el ruido, la paradoja de aprender del silencio para que se le impusiera el ruido, la sangrante paradoja de atarla a la ignorancia.

»Ahora, piensa. ¿Pudo todo esto suceder así? Piensa, Extranjera, piensa de quién estamos hablando. ¿No ves el error, Extranjera, no te das cuenta de la idiotez que encierra tal idea?

»Durante su encierro, Miguel Ángel pintó la Capilla Sixtina. Aunque eso ella nunca llegó a saberlo. Durante aquel tiempo que estuvo encerrada, nació la Reforma protestante de Lutero. De eso sí tuvo noticia. Por ello recibió también tormento físico, pero a esas alturas su cuerpo anciano ya estaba hecho a todo».

7

«¿Quién eres tú cuando te lo quitan todo? A lo mejor entonces eres tú, eres la rabia de que te lo hayan quitado todo. Así que eres rabia y nada más que rabia». Juana empezaba a vivir en la cabeza de la Extranjera o ya estaba allí. «También puedes no ser nada, solo el trozo de carne depositada en el lugar donde antes habitaba quien latía dentro de ese trozo de carne».

Imaginó a Juana furiosa y también su cuerpo de mujer depositado ya desprovisto de lo que fue Juana, la imaginó golpeando la piedra con los puños hasta sangrar en desconchones, arañando los muros húmedos hasta perder las uñas, aullar, aullar, aullar, hasta dejarse caer en el más negro abandono. No comer, había dicho la hija de monja. No dormir. No vestirse. Claro. Qué, si no. Así es lo que debe ser. Cruzó su mente la imagen de sí misma tirada en el suelo, pero qué iba a saber a esas alturas.

Pasaban las mujeres del lugar y nunca se sabía. Ellas sabían lo mismo que sabía la tierra que pisaban y con la que eran una sola cosa. La Extranjera sentía extrañamente la sabiduría que encerraban sus corazones y las plantas de sus pies. No necesitaban esfuerzo para ser, no había en ellas avidez ni desazones. Estaban en paz. Pasaban y ella recordó un deseo: «Ojalá enferme para que me ingresen en un hospital y por fin descansar un poco, enferme de una enfermedad larguísima y ojalá necesite una convalecencia de por vida». ¿Había sido suyo ese deseo? Ceder la salud, el movimiento, eso que llaman libertad a cambio de no vivir la vida, a cambio del aislamiento, el encierro, del silencio por fin. La libertad, igual que la idea de vivir la vida le parecieron tapires.

Pasaron mujeres del lugar pisando la tierra con el sosiego de las plumas al caer, que es el mismo que el del elefante al apoyar la planta, y la Extranjera pudo ver cómo las seguían los murmullos de un mar de muertas agradecidas. Hablaban poco. No con ella. Hablaban poco y quizá la Extranjera no les interesaba en absoluto. No era rechazo, sino que no le prestaban atención. Igual que los peces no prestan atención a los peces del cardumen o las hormigas a las hormigas en las galerías del hormiguero. Tarareaban música sin voz y eran a la vez una. Estaban allí sin necesidad de enfermedades largas ni ingresos hospitalarios, como las hijas de monja y puede que igual que la Española y ya la desconocida también. María la Blanca le contó cómo habían llegado y al recordarlo espantó la tentación de pensar en sí misma, cerró los ojos, dejó de pensar, solo latido y aliento. Allí estaban. Allí estaba. «Pasmada, las monjas no tienen Ley», le dijo la Española con una de aquellas carcajadas suyas villanas. «¿Me entiendes? Las monjas no tienen tribunales que les juzguen en este mundo. Ni la Ley de Dios, maldito sea, ni la de los hombres», y vuelta a reír. Entonces fue cuando ella se acordó de lo de los hospitales, quizá un convento.

La Extranjera pensaba todo esto sentada en su tronco frente a la selva. El principio de la selva. Y su tronco. Así conseguía que pareciera siempre que miraba hacia algún sitio, que había una mirada, y las niñas no perdían el tiempo ni la atención. María la Blanca pasó por su lado camino a la espesura y le quitó un par de hojillas del brazo izquierdo. Ninguna de las dos prestó más atención a ese gesto que la que se presta a la hierba cuando crece. Acto seguido, la Extranjera se pasó la mano por la cabeza y se despegó de los dedos varios restos húmedos. Al cabo de poco tiempo, que también podría ser mucho, María la Blanca regresó con su hermana. Emergieron de la espesura, así, como si hubieran nacido en ese mismo momento y ya fueran ellas, como si durante todo un tiempo no lo hubieran sido.

Al pasar, María la Blanca volvió a quitarle algunas tierrillas y palitos del cuello y el pómulo derecho. La Extranjera sintió unas ganas salvajes de volver a tocarle la cara con el índice para cerciorarse de que su carne no era la de un atún sino cuero aceitado, pero decidió no correr ese riesgo.

8

«Cuando el archiduque Felipe, su esposo, entró apresurado en la cámara con ansias de celebración, se encontró a Juana en ropa interior con un pecho al aire y una criatura amorrada al pezón. La chimenea le encendía las mejillas plenas de maternidad. Todavía sentía el pálpito entre las piernas. "¿Estás loca?" fueron sus primeras palabras como padre. "¿Has perdido el juicio?", sus primeras palabras llegando de otra cama, de otro sexo. "Me estás avergonzando", sus primeras palabras contra una mujer aferrada a una vida recién tierna contra su soledad, su desespero, las burlas, la humillación cotidiana. "Vístete, mujer, y vamos a celebrar que eres capaz de parir". Ya cruzando el portal, "ya vendrá un varón la próxima vez".

»La víspera, Juana había cumplido diecinueve años sin caer en la cuenta y hacía dos meses y medio de la muerte de su hermana Isabel, la mayor. Ya no le quedaban amigas ni gente de su gente a su servicio. Ya no tenía riquezas, ni siquiera las que su madre, la reina católica, le enviaba periódicamente. Si vivía en la más severa pobreza, no podía pagar a su servicio, así que morían de hambre o se volvían a Castilla. Todos, todas, absolutamente.

Si se le hurtaba cada una de las monedas, dependía del servicio borgoñón de su esposo, de las damas de compañía que su esposo eligiera, del capricho de su esposo para alimentarla o no, para proveerle de indumentaria. Todo le iba robando, usura de roedor, urraca, carroñero. No le quedaba más que la humillación de un marido ausente entre los muslos de otras y los murmullos burlones que aquello provocaba, murmullos que le perseguían por cámaras y corredores como borras del demonio, "¿sabes con quién estaba el rey...?", roedores rodantes afilados para hacer sangrar los pechos de las madres solas, hasta las puertas de palacio donde hora a hora, día a día esperaba el regreso de su esposo.

»Quería sexo, yacer con él como los primeros días que ya eran pasado remoto. En el pecho le brotaban en leche los celos familiares, los mismos que los de su madre. Pero, dime, Extranjera, ¿qué eran aquellos celos primeros sino una necesidad imperiosa de respeto? Y dime más, ¿qué tenía ella más allá de su cuerpo, una vez privada de todo, para mantener a su esposo cerca? Su esposo ruin y aun así su única compañía, el último calor posible, el último recordado. Y qué poco le duró. Qué pronto la bautizó el archiduque Felipe como "Juana la Terrible" al hablar públicamente, jocosamente, de su supuesta voracidad sexual, al requerir lo que él repartía en otras, la misma necesidad de cuerpo que él.

»El sexo es la mejor forma de atraer al hombre que huye, Extranjera. No te digo nada que no sepas. Pero ¿estás segura de ello? Cuanto más se aleja el cuerpo del hombre, más perentorios son los esfuerzos por atraerlo, y donde ellos utilizan la violencia, las hembras abren su sexo, usa su cuerpo, aprenden y se imponen formas nuevas y extrañas de procurar placer que no son suyas, adoptan un deseo y un sexo que no les son los propios y en verdad, Extranjera, no te digo nada que no sepas, en verdad no consiguen más que ir forzándose el vientre, los pechos, hasta no reconocerse en absoluto en su gemido, denigrante por ajeno. Cuántas veces observó Juana las maneras de sirvientas y cortesanas, cuántas simuló su burda procacidad sobre el cuerpo de su esposo por ver si lo retenía. ¿Por celos? De nuevo: ¿qué son los celos, eso a lo que llaman celos, sino negarse a admitir la existencia, la posibilidad de la otra? Juana la bellísima, la culta, la exquisita, Juana la amazona, la feroz muchacha libre, se negaba a aceptar que su esposo prefiriera a cualquiera de aquellas mujerzuelas, vulgares muchachas deficientes a sus ojos. Aceptarlo habría supuesto una amputación mayor que el propio daño que sufría al recibirlo. El envilecimiento es fuente de horror, y aun así, Extranjera, aun así.

»De los ojos de aquellas que la vestían, lavaban, peinaban, atendían y ella despachaba con desprecio, caían una a una las palabras, rebotaban en la piedra del suelo sin romperse, duras de goma, para ir a golpearle el pecho lleno: "Juana la Terrible", "Ardientísima Juana". Poco después ya la acusaron de no comer, no dormir, no hablar, no vestirse como una reina debe.

»Cuando parió a Leonor, su primogénita, la única persona de confianza que se presentó fue su preceptor y confesor. Al verle entrar, Juana vio a un hombre extraño llegado de algún tiempo que ya no era el suyo, de otra vida. ¡Justo el día anterior a parirla acababa de cumplir diecinueve años! Otra vida... Allí plantado, junto a la majestuosa trompa marina, dibujaba una presencia pequeña y oscura, rapaz sin voz. Afuera empezó a nevar unos copos sin fuerza que no cuajarían. Juana miró a su alrededor, se negó a ceder a su criatura a ninguna de sus damas y la depositó en la cuna como una joya de familia en su estuche con llave. Después, se abrazó a su instrumento y ante el gemido marino de aquel ser cetáceo y estelar, huyeron las infames agraviadas.

»"Señora, sus costumbres escandalizan a las gentes". El confesor trataba de paliar el frío de la cámara frotándose las manos de dedos afilados. "No son propias de una señora de su condición". Juana ya era solo cuerpo sostén de mástil, amante en elevación. Su encierro, un silencio de una sola cuerda. "Tengo hambre y frío cada día", murmuró, y hablaba consigo misma. "Hambre, frío, y este cielo de metal sin fuerza".

»Terminó encerrada y a pesar de ser reina. Durante aquel tiempo, Maquiavelo publicó *El Príncipe*, pero quizá aquello no era algo que le mereciera atención.

9

Lola la Española había llegado a la capital de aquel país con un grupo internacional de voluntarios un día de 2003 en el que en España era invierno. Cargaba consigo un desengaño de amor duro, un título de ingeniera agrónoma otorgado por alguna universidad catalana y un genio de mil demonios, herencia materna, que le impedía compartir los días íntimos con otro ser humano. La Extranjera sí estaba segura de que aquello se lo había contado Walter. La Española se había presentado entonces en la sede de la organización y ante la directora de la asociación solidaria: «Pongo mi título universitario a su disposición. No tengo experiencia ni quiero cobrar. Me conformo con techo y comida a cambio de que me saquen de este país de mierda». Dos meses después estaba en una pequeña población interior de la Sierra, más allá del océano, diseñando «planes de canalización» sin preguntarse por qué ni para quién, ni siquiera qué planes.

Al primero le dio con un madero en la cabeza. Era un tipo del pueblo con cuatro hijas y sin más trabajo que beber como una orilla de río y apalizar a su hembra y la cría mayor. Aquel hombre soltaba una carcajada cada vez que se cruzaba con ella, algo que sucedía a diario. Lola y aquel mastuerzo coincidían noche tras noche en una pequeña cantina de la población cercana a la que solamente se iba a comprar, a beber o a follarse a una de las dos únicas putas en kilómetros a la redonda. A comprar acudían solo las mujeres. A beber y follar, solo los hombres. Y a diario, Lola con sus daños.

El día que amaneció en la casa con un ojo reventado, el labio partido y un pegote de sangre seca en la sien, no recordaba haber llegado ni haber salido de ningún lugar. Su jefa de expedición le explicó que cuatro hombres la habían acercado hasta allí en volandas mientras ella pataleaba, trataba de morderles y le lanzaba aullidos a la primera luz del sol. «Tuvimos que darle un poco para calmarla», confesaron al llegar. «Ha sido lo mejor. Lo otro era que la matara». Al caer la noche y ya balbuceante, su agresor se llegó hasta la casa y desde la calle le gritó a la puerta: «A mi hembra le doy cuando me sale de los huevos, que para eso es mía».

Dos noches después y ya recuperada, la Española se acercó a la cantina como habitualmente, a pie, pero en contra de lo acostumbrado, aquella vez no entró. Esperó que su enemigo saliera a orinar contra la tapia y le propinó tal garrotazo en la cabeza que lo tumbó a la puerta del tugurio. Los bebedores sentados desde siempre en la barra se volvieron con el ruido, vieron la cabeza que había quedado dentro y si se percataron del charquito de sangre que iba empapando la tierra pisada del lugar, decidieron no darse por enterados y regresaron a sus alcoholes. Después de eso, Lola se acercó hasta la casa del difunto y sentada en el quicio, recostada contra la fachada, vio amanecer. Cuando oyó los primeros signos de vida en el interior, entró, habló con la mujer y a la media hora salían de allí ellas dos, las cuatro hijas y una quinta que iba en el vientre de su madre sin más bultos que un hatillo de verduras y patatas.

La hazaña de la Española corrió de boca en boca y de pueblo en pueblo hasta que llegó a oídos del joven Walter Salazar. No paró hasta que las encontró en un chamizo camino de ningún sitio, sucias y en calma. Lola la Española y Walter Salazar se miraron a los ojos y ambos sintieron eso que no se sabe definir y lo llaman confianza a primera vista. «Si te atreves a tocar a alguna de las aquí presentes, te parto las piernas», le advirtió ella innecesariamente para avivar una rabia que no pensaba apaciguar con ningún tipo de dulzura. Walter Salazar no le hizo caso, las cargó a todas en su ranchera y condujo hasta una casa en la jungla en medio de ningún sitio que no parecía haber sido misión ni ser convento.

Ahí encontraron a la Bisa María la monja y sus compañeras de viaje, también a su hija María II, su nieta María III y las dos hijas de esta, las gemelas Marta y María, a quienes no habían puesto número y que la Española bautizó nada más verlas como las «hijas de monja».

Del segundo hombre supo por Walter Salazar y confió en su palabra, para abreviar los oficios. Entró en la casa con las primeras claras, encontró al desgraciado roncando panza arriba y a dos mujeres jóvenes muy juntas a los pies del catre con los ojos abiertos. Una de ellas aún tenía sangre seca en la comisura y un ojo reventado. La otra, un mordisco en el cuello. El llanto de la criatura de unos dos años despertó a las otras tres, algo mayores, que no hicieron ningún gesto. No hacía falta ser muy viva para ver que por sus caritas de brillo oscuro no pasaban ni susto ni alegría hacía tiempo. Al poco salieron las siete hembras sin que los ronquidos de aquel animal hubieran sufrido la más mínima alteración.

Cuando mujeres y niñas estuvieron ya dentro de la ranchera de Walter Salazar, a las afueras del poblado, la Española volvió sobre sus pasos y prendió fuego a la cabaña con el desgraciado dentro. En ese momento cantó un gallo y pareció que la aldea iba a desperezarse.

La cuarta mujer llegó directamente de mano de Walter Salazar. Decía ser su prima y había oído acerca de una hembra salvaje que castigaba con la muerte a los hombres malos. Cuando bajó de la ranchera con sus cinco criaturas, la Española se acercó a Walter Salazar, pegó la boca a su oreja y, de manera que su aliento le echara a sudar la calentura, susurró: «Ya está bien, Walter Salazar». El hombre la cogió por los hombros y la alejó suavecito hasta que quedaron frente a frente. Su mirada era mansa. «Ya basta, Walter Salazar. Desde este mismo momento, este sitio ha dejado de existir. Ya solo tú conoces, ¿me oyes? Ni una mujer más o desapareceré». Pero nada pueden las decisiones de una contra el señorío de la vida, y a ninguna de las siguientes se le negó el amparo.

Quince años después de aquel momento, Walter Salazar apareció cargando en su ranchera a una mujer que no hablaba y dos maletas. Quince habían pasado también desde la marcha de las monjas y desde que Lola la Española perdiera definitivamente el único trabajo que había tenido para adoptar a dos gemelas adolescentes y a una joven y sus cinco hijos a cuyo marido acababa entonces de asesinar.

Quince años, y la necesidad de números redondos.

10

La noche era completamente negra y daba miedo. La Extranjera pegó su mano a las hojas del camino y así fue avanzando en la certeza de que no caería. Era ya un sitio suyo aquel sendero. Solo tenía que buscar el punto de luz. En las lunas nuevas, Marta la Negra encendía la mínima expresión de candil y lo colocaba unos pasos más allá. Pronto vería el sutilísimo resplandor poblado de una nube zumbadora. El olor verdoso, el rumor del río, el lugar del tronco y su reina Juana.

«Hacía solo un par de meses que había empezado el nuevo siglo cuando nació su hijo Carlos, el segundo, el que sería el gran emperador del Sacro Imperio Romano Germánico, rey de Castilla sin saber su lengua, el hombre más poderoso del mundo conocido, cabeza del I Reich. La muerte parecía haberse encaprichado de él para conducirlo con paso solemne hasta su omnipotencia, trono abrumador. Carlos alcanzaría la gloria del Imperio pisando las mismas calaveras tiernas que hicieron a su madre Juana reina de Castilla.

»Ay, Juana, Juana vida, Juana muerte, Juana tumba trenzada. Murió su hermano Juan, el heredero de los Reyes Católicos, primera calavera bajo su pie cuando aún no había cumplido su primer año de casada ni los 18 inviernos. Murió de parto su hermana Isabel, la siguiente heredera al trono de los Reyes Católicos, con Juana en el quinto mes de su primer embarazo. Vida contra muertes, flor de sepultura. Murió con dos años cumplidos el infante Miguel, hijo de la heredera y heredero él, solo cinco meses después de que naciera Carlos, el emperador. Ay, Juana vida sobre tanta muerte, Extranjera, vida furibunda y sana, fruto de sus caderas amazonas, del empeño por su ser en cuerpo de mujer. Pero era el cuerpo de reina el que entonces se le vino encima y sin saberlo. Si el sexo no le había servido con su esposo, contra la humillación le serviría el vientre. Si no amante, madre sería, y eso sí que nadie podía arrebatárselo. Ninguno de los bastardos que seguía engendrando su padre, el rey católico, y engendraba su esposo, el archiduque Felipe, serían más que eso, opacos frutos de lujurias pasajeras sin otro padre que el que un puñado de monedas les procurara.

»En Juana, lo terrible era la vida, Extranjera, su vida y las vidas que oponía a tanta muerte y sobre ella se levantaba, yemas de sepultura y tan fragantes. Pero ¿a cambio de qué? De una corona, ay, de una corona».

La Negra no se pasó la mano por la frente, no apartó el mechón ala de cuervo que le caía sobre el ojo derecho. Dejó escapar un aliento que ni suspiro era. El silencio de monos y aves lo encerraba todo.

«En cuanto el archiduque Felipe supo del parto y antes de reunirse con la madre, mandó jinetes a todos los puntos del imperio para anunciar el nacimiento de un macho, un heredero, un emperador, un dios. En el segundo embarazo habían sobrevivido hijo y madre, ya nada más era necesario, así que cuando volvió a ver a su criatura unida en leche con Juana, ya no dijo "loca", ya no dijo "vergüenza". Arrodillado ante su joven esposa, acercó los labios hasta la otra teta colmada y mamó de allí, Extranjera, porque comprendió lo que el cuerpo de esa mujer extraordinaria era capaz de dar, que era árbol y le daría frutos sin romperse, como así sucedió, hasta que alguno de ellos dos perdiera la vida por razones que nada tenían que ver con todo aquello. Bebió del pecho de Juana y estaba llorando».

La Extranjera sintió un escalofrío, molesta por un asco cuyo origen rechazaba. De golpe, la Negra parecía humana.

«¿Tú has oído la historia, Extranjera, que cuenta cómo Juana parió al heredero emperador en un retrete, sola, en medio de una fiesta? De todas las ramplonas habladurías que circulan sobre nuestra reina, incluida la necrofilia de su peregrinaje por campos de Castilla abrazada al féretro de su esposo por amor, ja, por amor... de todas esas historias esta es la más cierta. Y ahora, Extranjera, pregúntate qué hacía una preñada a punto de parir, ya con dolores, en una fiesta entrada la noche. Pregúntate hasta qué punto una hembra cela por el macho progenitor, el padre de la criatura que lleva en el vientre, tanto como para arriesgar su vida y convertir el agotamiento en elixir.

»En la madrugada del 24 de febrero del año 1500, recién estrenado el siglo XVI, helaba sobre las calvas de la nieve sucia y en los salones de palacio, como habitualmente, la ebriedad desnudaba de elegancia y compostura a hombres y mujeres. Las más jóvenes, casi niñas, dormían apiñadas por los rincones sobre las alfombras y el archiduque Felipe no había elegido todavía su presa de la noche. Desde su trono elevado, Juana miraba ya sin interés los movimientos de su esposo, hastiada a fuerza de conocidos. La segunda formación de músicos había sustituido a la primera, ella no dudaba de que acabaría llegando una cuarta y el alcohol mantendría la ficción de energía en los cuerpos en verdad ya descompuestos. Pensaba en la mañana siguiente, en esa forma de amanecer sin amanecida de aquel lóbrego país conservado en humedades cuando sintió las aguas. Vio a su esposo coger de la cintura a una nueva muchacha y besar su cuello sin recato. Ella, ya Juana la Terrible, decidió no moverse, permanecer unos instantes más mientras el líquido de su vientre iba empapando los ropajes, y solo cuando sintió el charco bajo sus pies, se alzó, apartó con la habitual displicencia al corro de muchachas moscardonas que acudieron a socorrerla y ella sola, en las letrinas reales del salón inferior de palacio, de un empujón acuclillado, dio a luz a una criatura que nació ya berreando. Después, sin erguirse, la alzó a la altura de su rostro y vio que era varón. Como ya había hecho con su primera hija, recorrió aquella carita a lametazos hasta dejarla limpia de grasas y sangres, animal de animales, hembra parida, fiera. Notó el golpe de leche en cada pecho y solo entonces salió con el recién nacido metido entre los algodones del corpiño abierto. "Cuando acabe la fiesta, y no antes, ¿me habéis oído?, no antes, comunicad al archiduque que ha nacido un nuevo emperador".

»Apenas habían pasado cinco meses desde aquel momento exacto cuando la muerte del infante Miguel, heredero al trono de Castilla, convertiría al pequeño emperador en el hijo de la heredera a un trono, la reina y propietaria Juana I de Castilla. Para cuando llegó el momento de la coronación, su hijo heredero tendría cuatro años y desaparecería de la vida de Juana hasta que mucho tiempo después, diecisiete años después, y ya con ocho de cautiverio a sus espaldas, aquella reina presa le preguntara, mirándole a los ojos, si de verdad era él su hijo, aquel cuya cara limpió a lengüetazos feroces.

»Las ceremonias por el nacimiento superaron en fastos, glorias y reverencias aquellas de los esponsales en las que una tiernísima Juana dorada había flotado, empezado a ser otra, creído haber llegado al paraíso, aquellos lejanos seis meses de fiestas en los que cumplió diecisiete años agarrada al placer de los cuerpos, las sedas y los alcoholes, descubrimiento y celebración de la promiscuidad, jadeo, risa, alarido, levedad, burbuja. Pero en esta ocasión, la todavía joven archiduquesa Juana, la que aún no sabía que iba a reinar, galopaba la presencia de su esposo a lomos de una vida en la miseria gastándole la piel, quebrándole el cabello. Ya te lo he dicho, Extranjera, lo que no habían conseguido su cuerpo de mujer ni el placer ni el fingimiento de procacidades, lo alcanzó su cuerpo de madre, de madre de varón, como después sucedería con su cuerpo de reina. ¿Cuántos cuerpos tiene una mujer y a cuántos debe renunciar para seguir siéndolo? Los esponsales aquellos a sus dieciséis años se celebraron en tanto que esperanza de fruto. El nacimiento de su primogénita se celebró como reconocimiento a su capacidad de hacerlo, de parir y de sobrevivir. El del segundo hijo se celebró en tanto que macho y ya solo el macho se celebraba.

»¿Quién era Juana entonces? Dime, Extranjera. ¿Quién era aquella joven de diecinueve años sino una llaga sobre el vinagre de otra llaga? Aún amamantaba a su hijo Carlos cuando recibió la noticia: Era la heredera al trono de Isabel la Católica, la todopoderosa. Sería la reina Juana I de Castilla.

»En la helada soledad de su primer parto, había llorado ríos de desamparo, a bocanadas buscaba el aliento de su madre, de sus hermanas, arrodillada, con la niña sobre sus muslos, les contaba del miedo y la desolación, les describía aquellas tierras sin sol ni calor, serenidad ni silencio. Y fue entonces, al ver a la archiduquesa semidesnuda, dando el pecho a su hija, escandalosamente madre, mujer, pezón estría, hablándoles a cuervos y herrajes bajo el plomo con la cara todavía adolescente, el cuerpo elástico y el cabello cobrizo como crin rizada de yegua, fue entonces cuando empezaron a llamarla loca.

»Al nacer su hijo emperador, Juana ya no era aquella niña recién madre y nostálgica, sino una joven furibunda abierta en llaga ácida.

»Durante el tiempo de su encierro y cuando ella era la reina de ambos, Hernán Cortés arrasó el Imperio azteca y Pizarro el Imperio incaico. Si tuvo de ello noticia, fue como una lluvia boba contra el vidrio de la ventana que no tenía su cámara. Memoriza los acontecimientos, Extranjera».

11

La Extranjera había pasado la noche sentada a algunos metros de los rescoldos del patio esperando a que amaneciera. Hasta las primeras luces no se dio cuenta de que era eso lo que esperaba. Entonces la realidad se puso en marcha y con ella los dos monillos de la costa que llevaban un buen rato escarbando entre los cachivaches. Se pusieron en marcha Elseñor, los silbidos de la espesura y un golpe de aire de mar. Si ella estaba suspendida, se suspendía el mundo, y solo se ponía en marcha la realidad cuando emergía de sus adentros. Pensó que aquel golpe de mar era su golpe. Salió de la Casa Grande, anduvo hacia el río, rebasó el tronco donde no estaba Marta la Negra y se apretó a la orilla. Dejando a su derecha la corriente, calculó que el sol ya habría rebasado la jungla cuando alcanzara el océano pasito a paso. Las brumas húmedas agarradas al verdor se irían ya levantando para abrir la imagen de los lejanos montes azules. No quería pensar en la reina Juana pasando la lengua por la cara de su recién nacido. No pensó que no quería pensar en ello.

Las casas de las monjas se encontraban entre el río y el mar, más cerca del río, en una calva de la fronda. El camino hacia el océano podía hacerse en línea recta, en dirección opuesta al río. Eso requería una caminata demasiado larga por la espesura de plantas, raíces, lianas y animales sin senderos. El camino fluvial era más largo, pero casi despejado. Había que pegarse al agua e ir andando con cuidado, midiendo cada paso, como un baile sonámbulo, y así, sonámbula, lo hacía. No pensar, ser cuerpo, mirar al suelo, existir solo en los sentidos. Algunos kilómetros más allá, pero qué son los kilómetros, la corriente iba acercándose al océano y entonces sí, entonces solamente había que internarse unos momentos, a saber cuántos, en la jungla por un sendero que había sido transitado y parecía franco. Silbidos de las aves, aullidos roncos de los monos aulladores, grandes, y los ojillos brillantes de los micos durante todo el camino. Olor a ranas y helechales. Algún monito blanco y negro bajaba hasta ella y le tendía la mano. Sus pisadas crujían tan sutiles que ni los pájaros echaban a volar. A medida que avanzaba, el perfume del Pacífico iba empujando los efluvios verdes de la ribera hasta conseguir apartarlos del todo. Cuando el aire ya era solo azul, entraba en la vegetación y de golpe la inmensidad la devolvía a algún lugar donde, de haberse permitido la memoria, se habría encontrado con la música fugaz de las adolescencias.

Aquella mañana la Extranjera sintió durante todo el camino los pasos tras de sí. No les dedicó un solo gesto. El sol ya relucía alto cuando pisó la arena y se sentó cerca de la orilla. De esa manera podía ver las montañas si se daba la vuelta, y se dio la vuelta. Allí, justo donde las últimas plantas se inclinaban hacia la costa, estaba María la Blanca. La Extranjera ya lo sabía, y se miraron como una costumbre. Ella volvió a encandilarse con el azul profundo, que al tocar arena ya era un verde transparente, a la espera de que la otra llegara. «No eres la primera que viene para irse», le dijo. Se había sentado a su izquierda y también miraba al frente. No corría la brisa que podría haber echado a ondear su cabellera blanca de bandera. La Extranjera se pasó la mano por la cabeza. El pelo iba creciendo muy despacio, ya no rascaba, pero todavía le parecía estar tocando un cráneo que no era el suyo. Un cráneo. Cayeron restos secos. «Este es un lugar bueno para retirarse, pero no para permanecer. Tú tienes cosas que hacer. No puedes permanecer si te quedan cosas que hacer». La Extranjera miraba siempre a ningún sitio dejándose de tal manera que quien se encontraba cerca acababa haciendo lo mismo. Nada. Como las niñas al verla. Nada, quedar suspendidas sin ser más que un cuerpo que en realidad no mira. Así hablaba María la Blanca. Pasado un rato, se inclinó ligeramente sobre ella y le retiró un par de palitos del brazo y el cuello. «Lo de Juana», dijo. El sonido de las olas al llegar no era el que se espera del océano más grande del mundo, sino caricia y burbuja. A izquierda y derecha, la tierra penetraba el mar dibujando una cala larga y amplia de arena blanca. Las mujeres de la casa aseguraban que en verano desde allí se podían ver ballenas jugando con la superficie, pero una ballena era algo que aún no cabía en su cabeza. «Lo de Juana. La Bisa se lo contó a mi abuela, mi abuela se lo contó a mi madre, y mi madre a nosotras». La Extranjera pensó en las rocas donde rompe la inmensidad al oír la voz de María la Blanca. También pensó en el fondo del mar. «La Bisa y la abuela no nos lo contaron a nosotras, porque cada una se lo cuenta a la siguiente. Siempre ha sido así», y continuó retirándole primorosamente hojillas, trozos de corteza parda, algún insecto, pegados al ungüento que ya era perfume en su piel, sin intención, mientras hablaba. «Es nuestra vida», y volvía a mirar más allá del agua. «No es ahora tu vida. No lo creo». La Extranjera era capaz de oír sin escuchar y entender sin pensar. Las palabras penetraban en su interior e iban cayendo al lugar donde permanecerían hasta el momento de ser rescatadas.

El sol había superado el mediodía cuando emprendieron el camino de vuelta. La Extranjera habría permanecido allí sentada hasta la noche, o una semana, pero María la Blanca le tocó el brazo. Partieron juntas. Por el camino se sintió más cómoda, segura. De nuevo fue imponiéndose el aliento reptil del río y de golpe oyeron ladrar a los perros. «Ha llegado Walter Salazar, Extranjera». Los perros de la casa solo ladraban como perros con Walter Salazar. A medida que se acercaban, notó que todo sonaba más, no más alto sino más. Los perros les salieron al encuentro y el corazón empezó a brincarle en el pecho. La realidad, que existía en abandono desde que llegó, no recordaba cuánto tiempo atrás, se lanzó al galope. Pensó que allí deberían tener un caballo. Después pensó en Juana la amazona y entonces sí, en los lametazos a su recién nacido. «¡Yo tenía una hija!», recordó como golpe en el estómago para tropezar con una raíz y caer de bruces. Tumb, tumb, tumb, el corazón, y ante las narices un pequeño camaleón que también podría ser una gran lagartija erguida. Ni mujer ni camaleón se movieron. Todo volvió a quedar suspendido, ladridos, las risas de las niñas, las voces de la Española y la mano de María la Blanca agarrándole el brazo. Se desasió. No quería moverse, nada. No quería sentir, sino lo contrario. Se acababa de parar a pensar. «Yo tenía una hija, yo tenía una hija pequeña, lametazos en la cara, nacimiento, voz, aliento dulce, olor a leche tierna y olor a leche infancia y olor a leche todo». Al caer, el sayo se había rasgado a la altura de la rodilla derecha, donde de haber mirado habría visto un desconchón abierto en la piel. Pensar consistía entonces en no sentir. Ni desconchón, ni sangre, ni dolor. «Yo tenía una hija pequeña a lametazos».

12

«Cuando estás aislada, conoces la realidad que te crean y
la conoces cuando deciden dártela, el resto es silencio, la
nada, una pecera opaca con un único pez. De eso se trata,
Extranjera, de eso se trató siempre en la vida de la reina
Juana. La fueron encerrando uno detrás de otro, su esposo, su padre y su hijo, para crearle una realidad inventada
que la sometiera a sus necesidades, con la que enriquecerse y engrandecerse, chupándole la sangre y el tiempo,
modificando su tiempo en este mundo. ¿Te haces a la
idea de lo que eso significa, Extranjera? Juana no vivía su
tiempo, sino aquel que le inventaban sus verdugos y que
nada tenía que ver con la realidad. ¿Qué es la realidad?
¿Puede tu realidad ser propiedad de otros? ¿Puedes tú
misma ser propiedad de otros? Tenemos muy pocas cosas
a las que asirnos, poquísimas que nos permitan no desor-
denarnos, Extranjera, y entre ellas, el tiempo. Cuando
incluso eso te roban, ya solo queda el cuerpo, y resulta
tan fácil quebrar un cuerpo, destrozarlo...».

La Extranjera pensó en su propio cuerpo ante el espejo algunos días antes. Dudó de si tenía cuerpo o aquello era otra cosa. Como respondiendo a aquella duda,

Marta la Negra alisó el sayo sobre sus muslos y dejó las manos sobre las rodillas que la Extranjera nunca había visto. ¿Qué cuerpos había visto desde su llegada, más allá de las niñas y el propio? La otra había retomado el relato.

«Sin embargo, nuestra reina supo usar su cuerpo, y usarlo bien. Era consciente de que necesitaban que su corazón siguiera latiendo y sus pulmones respirando. Sencillamente, les sobraba su cabeza. Querían que estuviera loca, y si no lo estaba, porque no lo estaba, Extranjera, recuerda siempre eso, fingirían su desquiciamiento en la otra realidad, en la realidad existente, aquella que le hurtaban. Por eso, ella dejaba de comer cada vez que necesitaba conseguir algo, les amenazaba con morir, usar su propio cuerpo para darse muerte. Pero eso fue al principio, después fue ya solo cuerpo de mujer. Lo fue por propia decisión, e incluso eso le castigaron.

»Juana se enteró de que se había convertido en la heredera del trono de Castilla cuando el archiduque Felipe decidió que ya había vuelto a ocuparla entera, después de haber dado sus pasos, de invadir de nuevo su cuerpo, su cuerpo de mujer y su cuerpo de reina. Así de simple y vil. Cuando Juana supo que reinaría habían pasado meses de la muerte del infante Miguel, nadie le había dicho nada y ya avanzaba en su tercer embarazo. Se lo habían ocultado pagando a todo aquel, a toda aquella que tenía acceso a ella. Su esposo había vuelto a su lado y a su piel y tal era su control sobre Juana, tal el empeño en que nadie lo rompiera, que las noticias procedentes de Castilla quedaban enredadas en intercambios de favores con aquellos que podrían habérselas hecho llegar. En eso consiste el aislamiento. Para una mujer encerrada en una sola cámara y rodeada de cientos de hombres y mujeres frontera, barrera, cuchilla y muro, el tiempo, la realidad y el mundo no existen, se los han robado y ya es esclava.

»¡Su realidad no existía! ¿Comprendes lo que te digo, Extranjera? Su realidad no existía en absoluto. ¿Quién difundió pues el rumor de que la archiduquesa estaba loca, que deliraba, que era una demente? ¿Quién envió periódicamente esa idea por escrito a la reina Isabel la Católica, su madre? ¿Quién inventó su enfermizo amor por su esposo Felipe con quien apenas tenía contacto? ¿Quién escribió y difundió que vivía tan delirante de amor por él que se dejaría matar? ¿Quiénes, cómo y por qué crearon la realidad de una Juana que no tenía más realidad que esa que ellos creaban? Y una pregunta más: ¿Hasta qué punto una está presa en la realidad que otros inventan?

»Cuando Felipe volvió a visitar el lecho de su esposa y fingió placer y lisonjas sobre ella, Juana lo supo de inmediato. ¿A qué fin, si no, su cruel agresor iba a dar amor a la víctima si no era con un propósito minuciosamente medido? Ella seguía brillando en inteligencia, su rabia y tanto tiempo de soledad la afinaban. El archiduque entró en su cámara. "Llegan noticias de Castilla, archiduquesa. El infante Miguel ha fallecido. Ahora tú eres la heredera al trono", dijo, y puso su mano sobre el vientre de nuevo lleno. Con su hijo Carlos sentado sobre las rodillas y la pequeña Leonor jugando a sus pies, por primera vez Juana sintió un rechazo inconcreto, físico, una náusea que no llegó a aflorar. Él miró a los críos de la misma manera que ni atención se presta a un animal doméstico y murmuró: "Tienes muchas mujeres a tu servicio para estos menesteres". Juana pensó y no dijo: "¿Cuánto tiempo hace de eso? ¿Cuándo llegó a tus oídos la noticia? ¿Has necesitado preñarme para por fin darme las nuevas?".

De haberlo dicho en voz alta, cada una de sus palabras habrían alejado una zancada a su esposo y su esposo era perentoria imposición. Toda imposición sin remedio es desazón y soga.

»Por fin partieron hacia Castilla para que Juana hiciera efectivo y celebrara su cuerpo de reina, para que el encuentro con su madre la convirtiera efectivamente en heredera, y entonces la convencieron de que dejara a sus hijos en Flandes. ¿Por qué hizo nuestra reina aquella última concesión? Nuestras preguntas van quedando quizá sin respuesta, algunas, otras parpadean, pero una pregunta puede, debe existir al margen de su respuesta. Juana se rodeaba de sus hijos día y noche, dormía con ellos, escandalizaba al servicio dando de mamar y revolcándose por las alfombras con sus pequeños, cantándoles a todas horas, tocando su trompa marina, danzando para ellos. A lo mejor pensó que era un ir y regresar hasta que la muerte de su madre Isabel la instalara por fin en Castilla. No volvería a convivir con sus niños, Extranjera. Cuando partió, su hija Isabel había cumplido cuatro meses, Carlos tenía un año y Leonor no había cumplido los cuatro. Cuerpo de reina y cuerpo de mujer en una sola Juana. Cuerpo de mujer más que nunca, madre animal, carne viva con sus hijos contra el cielo de plomo y la lluvia perpetua y aquella forma de dar vueltas en el espacio de otros rodeada de lerdas. Cuerpo de mujer con la menor a sus tetas y sus cachorros agarrados al ropaje sobre sus pies. No tenía nada ni a nadie más. La llamó Isabel por nombrar a su madre, y al hacerlo no honraba a la omnipotente reina católica, sino a su madre, sabedora ya de su destino y con la esperanza de retomar aquella felicidad familiar, doméstica, de campos, hermanas, fuego y maternidad atenta. Ay, Juana, Juana... La nombró Isabel y al nombrarla miró al archiduque Felipe para empezar a asumir su cuerpo futuro. Le miró ya desde arriba, con el cabello cobrizo y rizado recogido, tirante sobre la calavera, solo gesto y mirada sobre su cuello de cisne.

»Pero no habría paz, no se la permitirían. Contratacó su esposo planeando él mismo el viaje a la península. El archiduque y toda su corte detestaban Castilla y amaban Francia. Entre ambas, les había sido impuesta Juana por razones de Estado y en ella centraron todo su desprecio por una tierra de rigores, ignorantemente religiosa, estandarte católico contra los júbilos palaciegos del norte, una tierra que consideraban de bárbaros y sin embargo ya entrada en las Indias. Por eso Felipe decidió viajar por tierra y cruzar Francia en lugar de hacerlo por mar. Las humillaciones tienen muchas caras y todas deben cumplir su papel en la evidencia.

»Los reinos de España estaban en guerra con Francia y todos en aquella tierra en torno a Felipe celebraban el paso de nuestra reina Juana por la corte francesa precisamente antes de coronarse heredera de Castilla. El empeño festivo de los salones del norte bailaba en corro contra la heredera de nuevo vestida de austeridad cuando la reina de Francia le mandó dar unas monedas que ella rechazó soberbia. Te relato asuntos de los que queda constancia. Todos estos asuntos están escritos. Pregúntate pues, Extranjera, por qué tú no los conoces. Ya era cuerpo de reina absolutamente. Felipe la miró con furia y, más allá de los volanderos monosílabos en camas pasajeras, reproches agrios y algún delirio en su lecho de muerte, no volvió a dirigirle la palabra en su vida.

»Después de seis años de privaciones, soledad y pobreza impuesta, privada del calor de los suyos, habiendo sido sometida a frío y hambre, exigía al extranjero un reconocimiento y ella misma se reconocía. Vislumbraba la posibilidad de ser la Juana aquella, amazona y cascabel, se la permitía. ¡Se atrevía a hacerlo! Mientras otros bailaban por el palacio de Blois, se repetía que ya nunca más estaría presa, que ella sería la reina, viviría en su tierra y se rodearía de afectos, galanuras y tendría a su pueblo. Compensaría el daño de toda la ignominia en mundos extraños.

»Piénsalo, Extranjera, había resistido, había formado una familia en torno a ella y sin su esposo, había sido Juana durante todo aquel tiempo de penurias y burla, pura rabia. Piénsalo y sígueme, sigue conmigo el brutal rastro que va dejando su esposo en el cuerpo de Juana. La primera hija, Leonor, nació por razones evidentes al principio del matrimonio, y poco después nació su hijo Carlos, fruto de las ansias de Felipe de un heredero varón. A partir de entonces, las cuentas no engañan, qué barbaridad. La tercera hija, Isabel, nació 10 meses después de que Felipe conociera la noticia de la muerte del infante Miguel, o sea, cuando supo que Juana pasaba a ser heredera. El cuarto hijo, Fernando, justo nueve meses después de su entrada gloriosa en Toledo ya aclamada como futura reina. La quinta hija, María, nueve meses después de la agonía y muerte de la reina Isabel la Católica. La sexta, Catalina, diez meses después de llegar a Castilla para tomar al fin posesión Juana de su trono, ya muerto su padre. ¿Sigues el rastro, Extranjera? ¿Sigues la ocupación del cuerpo de su esposa, esa forma económica de regresar a su cuerpo, a su lecho? Qué barbaridad, qué barbaridad».

Marta la Negra pareció, y hacía ya tiempo desde la última vez, estar viva, latir, incluso revolverse. Negaba con la cabeza. «Qué barbaridad». La Extranjera pensó en qué ocurriría si la tocara. Nunca lo había hecho y algo en su aspecto le impedía incluso planteárselo.

«Y ahora pregúntate cómo alguien puede pensar que nuestra extraordinaria reina, la cultísima, sagaz, mujer de genio bravo, nuestra Juana, dime qué idiota y por qué razón puede suponer que languidecía de amor por las esquinas. "La Loca", Extranjera, loca de amor la llaman. Necios alimentados por una realidad que no existía.

»Durante su tiempo de encierro ya en Tordesillas, se coronó el primer zar de Rusia, Iván IV. Sabía, por supuesto que sabía dónde estaba Rusia. No conoció ni imaginó el significado de la palabra zar».

13

«Yo tenía una hija y tengo una carta escrita». Levantó la cabeza, después el cuerpo y comenzó a andar despacio hacia donde la Casa Grande se había convertido en un revuelo de voces y animales. Ya estaba allí Walter Salazar. Recordó que en aquella comida de su llegada también estaba Walter Salazar. Empezó a rememorar algunas cosas, sombras de mujeres no vistas por no ser miradas. ¿Qué mujeres y cuántas? Aquel día lejano le dieron a comer arroz que habían cocinado dentro de una caña gruesa de bambú vaciada. Estaba sobre las brasas. No se había acordado de todo eso hasta aquel momento. El mono llamado Elseñor pasó todo el tiempo rebuscando entre su pelo ralo. Hacía mucho calor. Tenía el cuerpo hinchado a picaduras. Le pusieron un ungüento. La selva era una película de su niñez. Durmió unas horas. Oyó llover. Se despertó de noche. Aquel día de su llegada ella ya no era. Entonces ya no era ella sino un cuerpo que avanzaba porque sus miembros se movían. De haber pensado, quizá habría muerto. Walter Salazar ya estaba de nuevo allí, lo miró como a un familiar querido de algún pueblo del sur, de cualquier sur. Nadie reparaba en ella, no la invitaban a acercarse. El respeto tiene forma de jirafa detenida en una orilla.

La llegada de Walter Salazar parecía gozar de su propio ritual. Las niñas se levantaron de sus tareas en la tierra, juegos de fango, y corrieron a atizar la hoguera. Las madres parloteaban entre risas al recoger los periódicos y las cajas que Walter Salazar cargaba en la ranchera. La Española se había acomodado en el porche junto a él. Sentados cada uno en una hamaca volvieron a parecerle un matrimonio antiguo. Incluso la jungla celebraba el acontecimiento arreciando su aguda música de entre los verdores. El aroma a humo de cocina le despertó el apetito haciéndole recordar el hambre. La Extranjera apenas comía desde que llegó. Apenas comía, apenas dormía y no hablaba. Andaba junto al río hacia el mar, escuchaba por las noches a Marta la Negra o, sentada en su tronco frente a la espesura, fingía observar algo. Nadie le había llamado la atención sobre tales asuntos excepto alguna vez, muy raras, las mujeres del lugar. Alguna se acercaba con un plato de arroz o un guiso de pollo hasta su sitio de no mirar a ningún lugar. «Por mucho que ayune no va usted a volar».

En aquel lugar el respeto era costumbre y todas las pasiones, todos los dolores y pasados, comprensibles.

Se dio la vuelta y se ensimismó en la vegetación. Un salvavidas. Detrás se había empezado a celebrar una fiesta, algunas muchachas cantaban y las risas de las niñas empapaban el trapo del corazón. Cuando se acercaron y la cogieron de las manos se dejó llevar. «Vamos», dijo una. «Vamos a prepararnos», otra. El sonido del agua pequeña le devolvió el cuerpo ya dentro del cuarto de aseo. Desnuda, miró su sayo hecho montón costroso en una esquina. «Me he caído», pensó y recordó la mirada del camaleón. «Yo también soy un animal. Yo tenía una hija». Las niñas le iban pasando agüitas por el cuerpo con un trozo de tela. Recorrían sus piernas, sus brazos, la cabeza. De sus horas frente al océano vivía con una capa de sal en el pelo que al pasar de los días iba tomando el color y la forma de una rígida malla blanquecina. Desde afuera llegaban voces y todo sonaba más, sonaban más cosas, más, más, más de todo. El agua le hacía cosquillas al resbalar entre sus muslos y no era pudor sino molicie lo que le impedía rascarse. Se había acostumbrado a aquel ritual, las niñas, el agua, dejarse hacer. Habitualmente, la Casa Grande de las monjas y las de las mujeres del lugar permanecían en una calma de pocas palabras, el ruido de gallinas y ollas marcaba el ritmo hasta que, cada tarde, oscurecía de pronto y el cielo se dejaba llover, tip, tip, top, top, top. Eran los sonidos de la jungla los que inundaban de vida aquel espacio claro, reposado, y la lejana presencia del océano. Por eso, por la paz reinante, los monillos de la costa convivían con ellas, de vez en cuando algún tapir al que los perros no prestaban atención, serpientes habituales.

La Extranjera se cubrió con un sayo nuevo que al principio, como todos, rascaba en el cuello y las axilas. Al salir, vio a la Española y Walter Salazar conversando en el porche. La Española se mecía en la hamaca y tejía el aire con sus manos morenas. Junto a ella, sentado en una silla basta, a Walter Salazar le sonreían los ojos, era la imagen del encantamiento.

La Extranjera se dirigió hacia el patio de cocinar siguiendo el aroma de la carne sobre las brasas. Nunca veía matar a los pollos ni sabía dónde se hacía. Cayó en la cuenta de que no sabía dónde se hacía nada, ni higiene ni sacrificio. Ella manejaba las cosas ya dispuestas, los sayos limpios. El hambre la sorprendió, sintió el estómago encajado entre aquel manojo de huesos en el que se había convertido su cuerpo. Era una sensación nueva, allí había una víscera, quería comer, se habría abalanzado sobre el arroz apartado en un cuenco de madera. En cambio, dio media vuelta, entró en su habitación y se enfrentó a la imagen reflejada en el trozo de espejo de la pared. No se había mirado desde su llegada y no se reconoció en aquella mujer cara de mono, los ojos redondos con expresión de sorpresa animal, esos pómulos insolentes bajo los que se hundía lo que ya no se podía llamar mejilla, la dentadura oscurecida y un cuello tensado en cuerdas. Si no pasara los días al sol de su mirar sin ver, se habría convertido en un espectro transparente. Pensó en monjes de pelo mate, en anacoretas de antiguas biblias ilustradas. Pensó en un apóstol. ¿Quién era aquella mujer bajo la que latían un parqué difuso y mujeres bailando y después otro parqué y aun otro?

«Yo tenía un sobre». Movió su osamenta hasta la maleta grande sobre la que seguían intactos libros y cuadernos, abrió uno de ellos y extrajo el sobre donde no recordaba cómo ni cuándo había escrito las palabras Walter Salazar. Sacudió de su mente cualquier recuerdo acerca de su contenido. Se puede no recordar. Se puede decidir no recordar y entonces no hacerlo.

Afuera alguien llamó a comer. En el lugar no se llamaba a comer, se comía y ya está. Se sabía cuándo. Acudió al patio con una ansiedad desconocida, se sentó en el suelo y recibió su plato. Nadie pareció sorprenderse de que comiera, y podrían haberlo hecho. «Bienvenida, mujer», le sonrió Walter Salazar. «¿Dónde dejó la carne que traía sobre el cuerpo?». Miró al hombre de forma amable y empezó a comer despacio, abriendo camino por aquellos adentros que un día parecieron ir despegándosele, y mientras masticaba, los ojos fijos en el plato, alargó una mano con la carta. Walter Salazar la cogió sin asombro, la dobló en cuatro y se la metió en el bolsillo de la guayabera. Entonces, como para celebrarlo, sacó la petaca de ron que formaba parte de las provisiones de la casa desde tiempos de la Bisa monja. La Extranjera la miró, se levantó como si se hubiera quemado y salió volada. Vomitó junto a los bancales. Se agarró el vientre en espasmos empapados y vomitó y vomitó y vomitó hasta que solo cayeron mocos y las gallinas ya picoteaban a su alrededor.

Se sentó en el suelo. No parecía notar a los monos que alargaban sus manitas sin decidirse a tocarla. Así permaneció hasta que el cielo se echó a llover, como cada día. Lentamente, empapándose, se acercó hasta la zona cubierta donde se reunían las niñas para ver el agua y allí se acurrucó. Era de nuevo un cuerpo y solo eso, cáscara sin nuez, así que no vio pasar a Walter Salazar y la Española que corrían hacia algún interior perseguidos por el deseo.

14

«Juana puso el pie por fin en Fuenterrabía con veintitrés años. Sintió el golpe que sucede al ensancharse el corazón y no lloró. Miró hacia las naves que iban llegando, su comitiva de entrada, la muerte la había elegido heredera, y se juró que la siguiente vez que regresara a Castilla, ya para reinar, lo haría por mar, como por mar fue su partida cinco años atrás que eran toda una vida. Detestaba la frívola algarabía constante de las fiestas de su esposo que le llegaba a su cámara hasta el amanecer, las risillas de las criadas al día siguiente, y cada día. Pensó en su encierro, en el silencio de su humillación desde la que le llegaban los ecos de las fiestas habituales, y no tembló, pero sintió que algo encajaba al fin. Su formación, su preparación a la vida entre libros, maestros, músicos y más libros, el clavicordio y su trompa marina, todo aquello no podía acabar en una sola cámara helada rodeada de ignorantes, mendigando alimento. De ahí, y solo de ahí, su duda sobre la posibilidad de reinar, reinar como venganza y coherencia, contra toda cruel necedad.

»Helaba con ese hielo duro y sin aroma de su infancia cuando se adentraron hacia la meseta castellana. Cada pueblo, cada villa por los que pasaba la comitiva aterida era una fiesta, su fiesta, era ella a quien celebraban en su propia tierra, libre sobre su montura. El olor del humo era su humo, como el de la carne asada y la manteca. Por las noches, sola, helada sin el latido de sus hijos al costado, soñaba que volvía a estar en la Borgoña, soñaba con ellos y su propio grito la despertaba entre terrores. La distancia enfoca lo vivido y el horror se perfila con uña huérfana de garra. Había sido otra y podía ser ella. ¿Me entiendes, Extranjera? Bien sabes tú a qué me refiero. Aquí estás y nadie viene aquí sin que medien desamparo y pavor. Podía ser ella, soñar con ello, la mera posibilidad. Cuando le abres la puerta a la presa golpeada con saña y a diario, aún tardará en salir, no es inmediato, y ya fuera, aún pasarán días hasta que se atreva simplemente a pensar que puede dar un paso. No a darlo, a darle espacio a la posibilidad.

»El sol de invierno seco en tierras castellanas, aquel viento sin pesadeces húmedas, la voz, los aromas, colores, Juana se alimentaba a bocados de austeridad, al fin. Estamos hechas de palabras aprendidas con los cinco sentidos, Extranjera, y el corazón de Juana se dejaba escurrir en alegrías. Partía al galope, la perdían de vista, hablaba con las gentes y regresaba sofocada, feliz y exhausta. Una y otra vez, hasta que, a pocas jornadas de llegar a su destino, Felipe cayó enfermo. De fiebres y de bilis. Juana era feliz y su esposo, el joven archiduque, estaba enfurecido. Tardaron meses en llegar a Toledo, donde les esperaba la reina católica. Fue un tiempo en el que la muerte respetó su paso por la muerte, transcurridos solamente cuatro meses desde su parto, aullando en dolor de madrugada. Cuentan las crónicas flamencas que cuando pisaron Madrid, las calles chasqueaban con las cuerdas de hombres semidesnudos azotándose la espalda, sangrando de lomo y pies. Era mayo, la ciudad celebraba la Semana Santa, y si vieron el fabuloso brillo de los cielos en la villa nadie dejó constancia.

»Pasaron por Burgos con las heladas de febrero y marzo les amaneció en Valladolid. Ellos llevaban ya un par de meses marchando por campos florecidos en los aromas amarillos de las tierras castellanas. Desde los hielos del norte a su llegada, les acompañaba el avance de la temperatura hacia la primavera, y en los caminos, verdes, amarillos, rojos. Entonces, tras su paso por la corte francesa, pero sobre todo por sus campos de infancia en tierras de la reina católica, Juana y Felipe se convirtieron definitivamente en enemigos que danzaban entre el odio y el desprecio. El archiduque había pasado de humillar a Juana, robarle, encerrarla sola y tiritando, a ver cómo crecía en vítores y tierras. Quien está acostumbrado a humillar no perdona, tampoco quien agrede. El verdugo jamás, ni aun en ausencia, perdona el asentarse del alma de la torturada. Fueron muchos días, semanas, muchos aquellos meses detestándole mientras ella iba volviendo a ser ella lentamente.

Somos aquello que nos rodea, Extranjera, gentes, paisajes, luz, color y palabras. Ya te lo he dicho, y en nuestra reina era el sabor de la vida en el paladar. Juana se vestía de la luz castellana, de cielos abiertos y palabras conocidas, se abría en bríos, mientras su esposo iba cerrándose en una tierra de la que solo rapiña esperaba, reinar, ocupar de nuevo un territorio de la mujer, y solamente ese anhelo conseguía domar su furia, digerir su hiel. Pero la hiel es hiel y cuando por fin salió a recibirles el rey Fernando el Católico, el archiduque Felipe ya había enfermado. A Juana un temblor de mal augurio le recorrió el cuerpo. Lo que tenía delante ya no eran sus espacios de niñez, sino un padre ausente que apenas la conocía, más allá de saberlo culpable de la furia de su madre, la reina. El primer gesto del hombre no hizo más que atizar su desazón. Contra todo pronóstico y protocolo, el rey pidió que le condujera hasta el retiro en fiebres de su yerno.

»Días después, al entrar en Toledo ya encabezaban ellos dos la soberbia comitiva hacia Isabel la Católica, a caballo en sedas y oros, ellos dos solos en una camaradería de consortes violentos que decidieron dejar a Juana detrás, en un segundo plano, relegada. Ella era la heredera que llegaba a tomar posesión de su futuro real, iba a encontrarse con su madre Isabel, reina y propietaria de Castilla, pero fueron ellos dos quienes marchaban al frente, sus esposos, los monarcas consortes. Cabalgando tras ellos, tapada por su fastuoso paso, Juana tuvo la certeza de que algo jamás cambiaría. El archiduque Felipe sonreía y se abría paso junto al rey católico satisfecho por fin y ya paladeando glorias de rey. En Castilla, tierra de ninguno de ellos, tierras que ambos deseaban para sí, sellaron un pacto contra Juana, cuyo genio y proceder tan parecidos eran a los de su madre. Sin embargo, ambos sabían, porque así lo habían construido minuciosamente, que Juana no escondía la misma fuerza ni el empeño para pelear su futuro de reina. Algo salvaje en ella, indómito y sobre todo culto la hacían distinta, y el brutal dominio de su esposo Felipe sobre su carne y sus primeros años en la edad adulta facilitaban la económica empresa de ambos, hacerse con el trono de Castilla.

El rey católico aspiraba a gobernar aquellas tierras a la muerte de la reina Isabel y Felipe, a la muerte de ambos, o de ella, o simplemente a la muerte. Juana era el único impedimento, que creían domado, Juana y su salud de hierro, su parir inaudito, su endiablado carácter que una vez desembridado del encierro flamenco, todo lo amenazaba».

15

La Extranjera no despertó porque apenas se había permitido un duermevela extático. «Yo solo tengo cuerpo de mujer y aun así opté». Debía de ser la conclusión de alguna ensoñación llegada hasta el amanecer. Salió al patio decidida por fin a *ver* a las mujeres y las niñas. Antes se despegó las ropas del cuerpo, se lavó la cara y las manos en la jofaina, refrescó el resto de su piel y se aplicó el ungüento morosamente. Ya había dejado de pensar. «Puedo solo ser, escuchar el silencio y dejarme ser. Es un acto de voluntad».

El ungüento se había convertido en una forma de tocarse el cuerpo. Se reconocía en lo físico para ser carne solo. Empezaba por la cara, el cuello y el escote, después brazos y piernas y los pechos, el vientre, las nalgas y la espalda. Finalmente frotaba su pelo ralo. Pasaba las manos en un masaje enérgico. Después se acariciaba con las yemas de los dedos. Para cubrir la espalda completa necesitaba dar el tarro a alguna de las pequeñas y se levantaba el sayo. Las hojillas que se le iban adhiriendo a la piel hacían reír a las niñas y María la Blanca se las quitaba al cruzarse con ella. Desde el primer día, el resto de sus ropas eran animalillos secos a los pies del camastro. Al pasar la mano por las cuerdas de costillas y clavícula podía tañer sus instrumentos de hueso.

El cuaderno que había sacado de la maleta pequeña permanecía cerrado sobre el montón de telas del rincón. Los libros eran también animales de otras tierras que no aprendían a respirar la humedad y quién sabía si la espesura dulzona de la selva y el río los sellarían para siempre. Qué importaba. Aquella mañana abrió el cuaderno, lo puso sobre sus rodillas y escribió algunas líneas. Después arrancó la página, extrajo dos sobres de la maleta. En uno metió el papel escrito. En el otro, introdujo el sobre en el que había metido el papel escrito y volvió a escribir «Walter Salazar». Tenía que ver con su decisión de *ver* a las mujeres y las niñas.

Salió con el sabor de la papaya ya en reclamo justo en el momento en el que una pequeña llegaba gritando que la picadura de algún bicho había matado a uno de los perros. El mono de la casa se llamaba Elseñor, pero todos los perros se llamaban Perro. ¿Qué pensarían de una mujer muda a la que llaman la Extranjera o Pasmada? Ya nadie la miraba con curiosidad, ya formaba parte. Un cuerpo común engulle a cada individuo y ya es común.

«Siempre traté de hacer lo que se esperaba de mí, siempre traté de ser amable, no molestar», pensó allí quieta viendo cómo la Española encabezaba la marcha de las niñas hacia algún lugar. Lola volvió la cabeza y miró a la Extranjera con un gesto a punto de ser interrogante. Ella seguía sin decidirse. «Sucede que a veces no sabes por qué haces las cosas y después sucede que ya nunca sabes por qué haces las cosas. Son las cosas las que te hacen a ti y eso al final resulta doloroso porque eres solo un montón de cosas que se mueven. ¿Qué cosas? ¿Qué cosas eres?», pensó. «Las que te hacen a ti», pensaba.

Su figura de palo flaco enfundada en estopa se había detenido junto al murete que cercaba el patio. El cuello le sobresalía como el de un ave y el pelo apenas crecido le daba la apariencia de un joven interno. No era las cosas. «No habitar la soledad que otros te construyen. La soledad es una habitación que otro ha vaciado y después llenado con cosas que te resultan ajenas y hacen ruido». Recordó lo que la hija de monja le había contado sobre la reina Juana cuando aún no era su reina Juana. «El ruido es un azote, el cloqueo de las criadas crueles, los grititos, ventosidades y carcajadas de las fiestas vanas». Se puso en movimiento hacia el lugar donde mujeres y niñas rodeaban el cadáver del animal. «Es la mera existencia donde cubren alacenas, llenan corredores y estancias, palacios enteros, con palabras y ruidos moscardones, idiotas insectos que chocan contra los muros y contra tu piel». Entonces se dijo que no era repugnancia, sino ese agotamiento que impide a la muerte abrir la puerta.

Nadie reparó en su aproximación ni parecían esperar nada de ella cuando llegó al grupo. La Española, y enterradora, cogió el cadáver en brazos y marcharon hacia el interior de la selva sin ceremonia conocida. Tras la irrupción de la niña todo parecía haber vuelto a la normalidad. La Extranjera no penetró en la espesura. Nunca lo hacía. La jungla estaba ahí delante, o sea que la jungla acababa, tenía un límite, empezaba. Necesitaba límites, y más allá tenía el océano, aún por enfrentar. Entre la jungla y el río mediaba un terreno calvo y desigual. Ahí se levantaban la Casa Grande, y las otras edificaciones que la Extranjera aún no había pisado. En una vivían las mujeres con las niñas, probablemente sus hijas. Había otras cabañas más allá, apartadas de sus recorridos. En el pabellón que llamaban «de los monos» había visto de noche a algunas mujeres. ¿Cuántas?

Se sentó en un tronco frente a la jungla y miró hacia allá, como habitualmente. Solo eso. Trató de no pensar nada y pensó que ese acto de voluntad ya era pensar. «Pensar consiste en recordar y desear y describir», se dijo. Así que intentó no recordar cosas ni personas. ¿Deseó algo? Si era así también lo había olvidado. «Sin memoria no puedo describir lo que veo, no sé a qué se parece, si he conocido algo de esto, si es extraño». Sin memoria era imposible, con memoria también. Todo podría consistir en llamar Perro al perro, a todos los perros, y aun así llorarlos como si tuvieran nombre.

16

«Llegados a Toledo, Juana corrió al lado de la reina Isabel y abrazó a la madre que latía en aquel cuerpo soberano. Pasaron días juntas en los reales aposentos e Isabel ya fue solo mujer, la amada madre que era para Juana. Una ilusión. Así funcionaron las cosas, Extranjera. ¿Recuerdas a aquella madre que pasó con nuestra reina Juana aún adolescente la noche previa a su partida hacia Borgoña, hacia un desconocido al que temía, y finalmente con cuánta razón? ¿Las recuerdas ya en la nave, la que no era reina sino cuerpo de madre con su hija todavía por terminar de ser mujer? Ahí estaban por fin otra vez, pero ninguna de las dos era la misma.

»La reina católica, tan poderosa, guerrera, reina y propietaria, casi diosa, era también sus hijos, en ella latían sus hijos, y las muertes constantes la habían envejecido con mordida rápida. Juana notó cómo su padre el rey católico había aprovechado el paulatino decaimiento de la esposa para ir ganando terreno en lo personal, en lo íntimo, en el poder sobre el territorio. Pero era el soberano de la Corona de Aragón, no le querían en Castilla, Castilla era Isabel como tendría que ser Juana. Juana era la heredera. Su reina sería Juana como suya era Isabel. Y lo fue, Extranjera, pero no le dejaron, lo fue sin serlo. ¿Acaso quiso? En cualquier caso, por qué no habría de querer, por qué podría renunciar sino por ser hija de la violencia tras violencia. De eso se trataba, Extranjera, de eso se trataba.

»El hálito de las muertes de sus dos hijos velaba los ojos de su madre, así se lo contó a Juana, y sobre todo la desaparición del infante Miguel, muerto a los dos años y a cargo de su abuela la reina desde que su hija Isabel, la segunda en la línea sucesora, murió al parirlo. ¿Me sigues, Extranjera? Muerte, muerte, murió, muerte, murieron, muertos. "No me repongo de la muerte de mi pequeño Miguel", le dijo la reina después de que Juana le hablara de sus propios hijos. No hubo un brillo de alegría en Isabel al saber de sus nietos borgoñones, ni una chispa fugaz, y Juana sintió una punzada de humillación, ¡de nuevo humillación!, consciente de que era la muerte quien había despejado su camino para llegar a donde estaba y de que ese fruto se iba descomponiendo en la mente de su madre, quien no parecía borrar la tristeza, ni siquiera tratar de fingir lo contrario.

Le dolió a Juana su madre, siempre su madre, siempre considerada atenta, ahora lejana y durísima, y le invadió el desamparo de la misma manera que iba creciéndole dentro el desprecio hacia el rey católico, en quien reconocía a su esposo Felipe y sus tormentos. Rey y reina, padre y madre, infancia, memoria, en un agrietarse de cuyas brechas emanaba el hedor de la traición. Los aullidos de su madre en el pasado habían sido los suyos propios en Flandes y ahora podía ver la forma en la que Fernando iba sustrayéndole a la reina Isabel todo el poder que su debilidad iba dejando caer. De nuevo la desazón de que algunas cosas no iban a cambiar nunca, la voracidad del hombre, el hambre económica y desalmada. Pero además su madre la reina. El infante Miguel, que habría sido criado en su regazo y llamado a ser educado con los mismos fines que Juana, le resultaba más necesario que su propia hija. Era al nieto muerto a quien lloraba, los afanes de la reina católica se revolvían y existían en el territorio, políticamente. Entendió que su madre no había querido el trono para ella, para su hija. No reconocía a Juana capaz ni con voluntad de ocuparlo.

»De nuevo sola y coronada heredera, Juana ya no era consorte en tierra hostil, ahora era reina, pero ¿deseaba un rey? ¿Cuánta felicidad le robaba el archiduque, su carcelero, su verdugo, en cacería diaria con su padre, compitiendo por heredar gobierno? ¿Qué pensaba de su propio futuro ante su madre, la reina, cada vez más ajena y cruel? ¿Qué pensaba al ver la forma en la que el esposo trataba de someterla de nuevo? Es más, y aquí va la pregunta clave, Extranjera: ¿Deseaba reinar? Todo es dolor, pero, sobre todo, Juana será reina, y con ello hará rey al archiduque Felipe. O sencillamente él podía arrebatarle ese papel, algo que acabaría haciendo, repartiendo las tierras de Castilla entre los suyos, propiedades, riquezas, joyas, concediendo pedazos del reino de Castilla cuando todo pasó a pertenecer definitivamente a su esposa, la reina y propietaria a la muerte de su madre. Así lo habría de hacer Felipe hasta su muerte, rodeado en Castilla, como en Borgoña, únicamente por amigos de Francia. Y más lo habría hecho de no morir tan pronto, casi inmediatamente.

»Ya te lo he contado, Extranjera, Felipe despreciaba a Juana, despreciaba Castilla, despreciaba que la tierra que le tocaba reinar no fuera francesa, y ahí se unen el castigo hacia Juana porque su posesión no era fastuosa y el castigo porque su nacimiento le había dado más que a él, las armas para plantarle cara y liberarse. La condena que le imponía a Juana iba más allá de su cuerpo de mujer, como hasta entonces, ahora pasaba a su reino. Finalmente, depredador siempre, quedándose lo de la archiduquesa y luego lo de la reina como imposición y castigo. ¿Y ella? Juana, condenada a cargar con aquella alimaña. Imagínate, Extranjera, quedar ligada de por vida a un esposo violento, tirano, cruel, del que la tradición y la historia te impiden prescindir de la misma manera que te impide a ti huir; imagínate convivir con un hombre despreciable que te odia y lo muestra sobre tu carne, quedar para siempre atada a tu verdugo y sin posibilidad de deshacer el nudo. Te lo imaginas bien, ¿verdad? Pues claro que te lo imaginas bien. Estás aquí.

»En mayo coronaron a Juana y al mes siguiente concibió a su hijo Fernando. A cada paso que daba hacia el poder, una ocupación del vientre. Pero ¿cómo? ¿Cómo entraba en su cámara aquel hombre al que odiaba y que la despreciaba? ¿Cómo la desnudaba? ¿Cómo la penetraba? ¿Cómo penetra el verdugo a su víctima? ¿Cuántas veces insistió hasta saberla encinta? Y la pregunta más importante: ¿Cómo y por qué accedió Juana a yacer con su odiado esposo? ¿Accedió? "Utiliza tu cuerpo", le había dicho su madre, la reina Isabel, antes de enviarla a Borgoña y entregarla en forzoso matrimonio. "Utiliza tu cuerpo", le repitió cuando vio que, una vez preñada, Felipe "el Hermoso" había decidido volver a su tierra, cruzando Francia, además. Pero Juana ya estaba embarazada. Dime, Extranjera, ¿accedió a usar su cuerpo? ¿Crees que de verdad lo hizo?

»Entonces la encerró su madre. Extranjera, ¡su madre! Y de qué forma madre, reina, mujer, con todos sus atributos y sus mermadas fuerzas.

»En ese momento, justo entonces, Cristóbal Colón arrancaba su cuarto viaje hacia las Indias. Un mes después llegaría a la isla de Martinica. De esos negocios nada sabía Juana, aunque a partir de entonces los asuntos de ultramar fueron también sus asuntos».

17

En el pabellón circular que se levantaba a varios cientos de metros de las casas de las monjas solían jugar los monos. El lugar parecía parte de la selva y en cierto modo lo era. Aquella noche la Extranjera lo miró desde lejos con ganas desconocidas. Desde que se fue Walter Salazar y olvidó de nuevo que tenía una hija, algo había quedado sacudido en ella. «Véngase a los monos», le decía en ocasiones alguna de las mujeres. Se juntaban allí al caer la noche, imaginaba que a contar historias, la oscuridad, el fuego más allá y las historias funcionan juntos en los relatos de infancia. Pero ella tenía su rutina de acercarse hasta el río por si estaba Marta la Negra. Su reina Juana iba venciendo poco a poco a las torturas, les plantaba cara, y con Juana, ella misma. «Un pie, otro pie, un pie, otro pie, el río, otro pie». Las rutinas apaciguan el ánimo y ayudan a taponar aquello que de otra manera treparía por el pasado, hueso a hueso, para clavar espinas en los ojos de las mujeres que no quieren recordar.

Aquella noche el tronco junto a la orilla estaba vacío y de vuelta a la casa sus pasos la llevaron hasta el pabellón de los monos. Marchó al ritmo que marcaba desde allí el toc toc de los micos cascando semillas contra el suelo. «Esta es una buena tierra», pensó. «Aquí los pequeños sonidos construyen un silencio». Las mujeres, sentadas en corro, desgranaban las mazorcas de maíz esparcidas en una gran bandeja redonda de hierro negro. Redondo el pabellón, redonda la bandeja, redondo el canasto donde iban echando el grano, redondo el corro de ellas, redondo el aliento húmedo y quieto de la noche. Colgadas de los maderos que sostenían el techado cónico de paja, más mazorcas. Los monitos jugaban de cuerda en cuerda. «¿Qué pasaría si los monos se comieran el maíz?», se preguntó mirando al techo. «¿Por qué no lo hacen?». En caso de hablar, lo habría preguntado, podría haber sido una forma de saludar; en cambio, sentó su silencio entre las mujeres y para no desgranar unas mazorcas que no quería manejar, cuyas formas le asustaban, cogió un par de hojas del pelado acumuladas junto a ella. Las mujeres tarareaban aquellas melodías también circulares que aflojan el esqueleto y caracolean con el calor del fuego. Ella recorría las hojas con tres dedos. El haz con el pulgar y el envés con índice y corazón. Los mojaba en saliva, pasaba sus dedos por el ungüento graso de su muslo e iba consiguiendo domarlas. Cuando tuvo varias hojas aplanadas, agarró un palo, otro palo menor y los ató en cruz con la fibra del maíz. Después dobló sin forzarla una hoja y la clavó allí, dobló otra, una tercera y una cuarta y las clavó allí. Levantó el molinete y sopló. Las pequeñas aspas echaron a rodar despertando, esta vez sí, la atención de niñas y mayores. «Llevamos dentro el viento que no sopla», pensó. «El viento es la música del silencio». Entonces, sin abrir la boca, solo con el vibrar de su pecho, comenzó a tararear al ritmo de las demás. De haber levantado la cabeza, habría visto circular la ola de una sonrisa.

Cuando se levantó camino de la Casa Grande, de vuelta al silencio, alzó la mano derecha sosteniendo en alto el palo del molinete, que no dejó de girar a medida que apresuraba sus pasos. Para que girara. Las niñas salieron tras ella tratando de alcanzar aquel artefacto y algo encajó en algún lugar de la tierra que pisaba.

A la mañana siguiente volvió al pabellón de los monos. Había dormido toda la noche por primera vez, entera, en el fondo del sueño. Estaba confusa y se permitió en el ánimo el contento intranscendente de los micos. Las pequeñas la siguieron dispuestas a mirar con ella hacia ningún lugar, pero la vieron recoger palos y sentarse en el piso con las piernas cruzadas. Entendieron de inmediato lo que se proponía y la imitaron. Agarraban una hoja de mazorca, mojaban sus dedos en saliva y los untaban en la piel de la Extranjera, aceitosa. A la Extranjera el gesto sobre su piel le pareció normal y las hojas se fueron apilando a su lado mientras las iba convirtiendo en arcos para clavarlas formando molinetes. Las niñas los agarraban y salían corriendo. Daban vueltas a la cabaña abierta haciendo rodar las aspas entre risas y saltos perseguidas por los perros, cuidando de que Elseñor y los monitos de la costa no pudieran alcanzarlas. La jungla se excitó en aullidos y piares. Antes de comer las plantaron en el huerto. Cada vez que un animal se acercaba a cogerlas le lanzaban una pedrada. Así consiguieron que permanecieran tiesas como girasoles hasta que el cielo se puso negro. Las recogieron para el día siguiente antes de que el cielo se echara a llover, y eso se convirtió en costumbre. Poco a poco, el campo y las casas se fueron llenando de molinetes, cada vez mayores a medida que recogían hojas grandes en la jungla. Esas ya no necesitaban saliva ni ungüento. Parecían haber nacido para el alegre girar de un tiempo fragante y amargo.

18

«Cuando el archiduque Felipe el Hermoso comunicó a los Reyes Católicos su decisión de volver a Borgoña, Francia le había sacado una gran ventaja a España en la guerra por Nápoles y Juana volvía a estar embarazada.

»Recuerda lo que sigue para entender qué romperá a nuestra reina Juana definitivamente de dolor. Definitivamente, sí, y no es un hombre quien la quiebra, sino su madre. Recuerda que Juana había salido de Castilla con dieciséis años, una educación exquisita y sin más conocimientos de la vida que su propia familia. Desde que llegó a tierras flamencas hasta el momento en el que volvió para ser coronada heredera del reino, lo que había vivido fueron humillaciones, desamparo, malos tratos, agresiones, frío y hambre. Y dos apodos que la perseguirían hasta el final "Juana la Terrible" y "La reina ardientísima", ninguno de ellos bueno. El simple hecho de rebelarse contra todo aquello junto a los intereses económicos que se libraban en torno a ella habían echado a rodar la idea de que estaba desequilibrada. Ellos la habían creado. Ellos la habían difundido. Su regreso a Castilla había supuesto para Juana una liberación. La enemistad entre ella y su esposo era manifiesta, el cerco económico y las condiciones de pobreza absoluta y torturas infligidos por parte de Felipe en Borgoña habían llegado a oídos de la reina Isabel desde al menos dos años antes de que pisara tierras castellanas. A cambio de su alegría, Juana recibió el frío recibimiento de su madre, el lamento por la muerte de quien le precedía en la sucesión del trono y algo mucho peor, la petición, de nuevo, de que utilizara su cuerpo, en este caso para retener a Felipe. Los documentos permanecen. Pregúntate ahora por qué no los conoces.

»Juana vio marchar al archiduque sin pena. Su madre le había dado la excusa perfecta para no acompañarle: la partida estaba prevista para diciembre, fecha en la que su hija no estaría en condiciones de viajar. La idea de cruzar las tierras heladas con el embarazo ya avanzado pondría en riesgo a la criatura y a la propia Juana. Ninguno de los esposos atendió a dichos argumentos. Él estaba dispuesto a marchar con prisa, a llegar hasta la corte francesa antes de que Francia ganara la guerra a España. Juana no tenía ninguna intención de volver junto a su verdugo al infierno del que había conseguido salir. Fue entonces cuando la reina intervino en un gesto que Juana no le perdonaría, ¿cómo iba a hacerlo, Extranjera? ¿Cómo habría podido?

Su esposo había confiado al marqués de Villena la vigilancia de Juana. No iba a dejarla escapar, no iba a permitir que aquella mujer testadura, su víctima, frustrara su pacto con Francia para unir los reinos de España al Sacro Imperio Romano Germánico, junto a los franceses. Su hijo Carlos estaba llamado a ser el siguiente emperador. Esposarlo con una infanta francesa, y ser él, Felipe, rey de Castilla, colmaba sus ambiciones y sometía de nuevo a la mujer. Así que el marqués de Villena recibió la orden de custodiar a Juana noche y día, vigilar sus pasos e informar a Felipe de cualquier incidencia. Nada nuevo para ella. Juana debía vivir, fructificara o no el parto, y debía seguir siendo la heredera al trono de Castilla, iba su trono en ello.

Y fue precisamente al marqués de Villena a quien la reina católica eligió para que instara a Juana a usar su cuerpo para retener a su esposo. Cuando Juana recibió la sugerencia, ¿o era una orden?, de boca de un hombre, no de su madre, de un hombre que no pertenecía a su familia ni a su entorno, de su vigilante, supo que ya definitivamente no le quedaba nadie en quien confiar, nadie en quien pudiera apoyarse más allá de sus propios hijos. La reina, su madre, usaba a su carcelero, sabedora de que lo era, para pedirle lo más rastrero.

»Recuerda ahora quién era Juana. ¿Qué sabía de batallas? Nada. ¿Qué, de intereses políticos? ¿Qué sabía siquiera de la realidad? Nada, Extranjera, nada, ¡nada! De un plumazo, con la petición de su madre, la que creía su liberación se había convertido en espanto, la realidad desconocida, la realidad que le habían hurtado le golpeó el esqueleto, las vísceras, puso su corazón a macerar en amarguras y su respuesta tardó en llegar lo que tarda un mensajero de Borgoña en entregar una carta.

»La batalla no se libraba en Nápoles, ni en Castilla, ni en Flandes o Francia. La batalla por un imperio se luchaba sobre el cuerpo de aquella joven mujer golpeada, enconada, que rozaba el desespero abrazada a su cuarto hijo recién nacido, el infante Fernando. Sí, Extranjera, el cuerpo de la mujer como campo de batalla, y en este caso de forma literal. Seis meses tenía la criatura cuando llegó la misiva. Iba firmada por su hijo Carlos. ¡Carlos! Carlos tenía solo tres años entonces, pero la carta iba firmada por él y enviada por su padre, el archiduque sin entrañas. Juana tenía que regresar a la corte borgoñona, al lado de su esposo Felipe, le pedía el niño, debía regresar sin más demora, que la necesitaba. No habían servido las súplicas de su madre, ni la intervención del marqués, ni la insistencia de su esposo el archiduque para que se reuniera con él finalmente. Serviría la amenaza incuestionable que suponía aquella carta. Juana comprendió sin duda alguna el mensaje: Usaré a tu hijo si es menester. De inmediato y apenas acompañada, dejó a su recién nacido en la corte castellana y partió hacia Laredo para embarcar rumbo a Borgoña. No informó a nadie de su partida, y menos que nadie, a la reina católica. Partió al galope, madre pero sobre todo enemiga. ¡Su hijo! La amenaza contra él era espoleta. Para el resto todo consistía en una batalla por el territorio, para ella era cuestión de vida o muerte. No se dejaría vencer por su esposo, no cedería a sus componendas, sus intrigas. Ella era ya la heredera, había llegado a su tierra, donde tenía previsto reinar y levantar una vida en libertad, y no pensaba dejarse arrebatar lo que creía suyo y por fin solo suyo. ¿Te parece que podía ser una mujer que huye por pasión a reunirse con su amado, loca de deseo y enamorada?

»Pero una guerra es una guerra y su cuerpo, territorio de lucha. Así que la reina Isabel no tenía intención de ceder tan fácilmente a los propósitos de su hija. Entonces, sí, ya te lo he dicho, entonces la encerró. Fue en La Mota. Juana hacía un alto en Medina del Campo justo en su veinticuatro cumpleaños cuando a los soldados les llegó la orden de cerrar las puertas del castillo de La Mota, donde se había alojado. Era un lugar que los Reyes Católicos habían convertido en la fortaleza artillera más avanzada de Europa. Acceder o escapar de ella resultaba imposible, y la reina Isabel lo sabía, fue ella quien ordenó las obras.

»Cuando los soldados le cerraron el paso violentamente, Juana se detuvo ante ellos. No obedeció, se detuvo. No acató el encierro, era piedra, roca, hielo sobre la nieve de noviembre. El latigazo de sal sobre una herida abierta con latigazo de sal tras latigazo de sal produce un sufrimiento que traspasa el umbral del dolor. Paraliza. El cuerpo se cerró duro sobre Juana y dejó de pensar. Era estatua y no temblaba. Quienes salieron a atenderla pudieron notar que todos los músculos de su cuerpo se habían contraído bajo los ropajes. No supieron cómo, pero dicha tensión les impidió acercarse a tocarla. La helada no afecta a la carne cuando la carne es hielo, y el hielo quema. Así pasó lo que quedaba de la jornada, la primera noche y todo el día siguiente. Después, ya al alba del tercer día, cuando solo quedaban los custodios, Juana se dio la vuelta y era un espectro quien se encaminó al castillo, subió hasta el segundo piso, entró en su cámara y no cerró el portón. Al día siguiente empezó a llorar, de nuevo dejó de comer, dejó de asearse, dejó de hablar y se sentó sobre la alfombra a los pies de la cama. Era el suyo un llanto sin solloza ni aullido, un llanto que no debilitaba, un llorarse podría ser que para siempre. Aquel fue su primer encierro en fortaleza, este por parte de su madre, y la primera vez que Juana utilizó su cuerpo severísimamente, hasta el extremo último, como forma de rebeldía. Podía dejarse morir. No quería morir, pero anunciaba tal posibilidad.

»El cuerpo, Extranjera, el cuerpo. Es el cuerpo lo único que tienes cuando todo te lo han arrebatado, incluso el latido mismo te han robado, solo te queda el cuerpo. "Usa tu cuerpo", ¿recuerdas? Eso es lo que ejecutó Juana en La Mota. No en una acción sino en lo contrario, en un dejarse. Dos meses pasó alimentándose lo justo para evitar el desmayo, para no dejar de llorar ni perder la conciencia. Cada día le entraban las viandas que dejaba sin tocar. En ocasiones, el servicio debía espantar las ratas para retirarlas. No dormía, dormitaba sin moverse del suelo, un manojo de huesos cubiertos con la larga cabellera cobriza enmarañada en polvo. Entonces mandaron avisar de la situación a la reina católica. Su hija corría el riesgo de morir de inanición. Y había dejado de hablar. Había dejado de hablar, ¿me oyes, Extranjera muda? Había dejado de hablar».

19

La primera mañana que la Extranjera se asomó a la ventana y vio los molinetes, regresó a la cama. No quería recordar que aquella noche había vuelto a dormir profundamente y había soñado, pero tampoco conseguía quitárselo de la cabeza. Se dejó caer en otro sueño, despertó, en otro y despertó, y así durante horas hasta que cayó la lluvia de la tarde. Llevaba tanto tiempo sin dormir apenas que le dolían los huesos y en su cabeza naufragaba una fragata. Sentía el cuerpo. Desde el momento exacto en el que empezó a tararear sentía el cuerpo, la piel, molestias determinadas, y aquella lluvia humedeció algo similar a la sensualidad. Una náusea la incorporó como un resorte. Vio pasar una niña pequeña, una criatura blanquísima que andaba sin rozar el suelo mirándose los pies. Cuando se hizo consciente, acababa de esfumarse. De la espesura llegaba la fragancia habitual y a la vez nueva. Los aullidos de los monos parecían jadeos o quizá siempre son jadeos.

Se quitó el sayo empapado en sudores y se arrodilló en el suelo de la habitación. Solo entonces reparó en la suciedad que se había ido acumulando en los rincones y debajo del catre. Aún se sentía dentro del sueño. Sentada sobre sus propios talones, bajó la cabeza para recorrerse. Algo que no le gustaba se había puesto en marcha. Desconcertada a golpe de sensaciones, se miró los pechos, mucho menores de lo que recordaba, bajó por las costillas, el vientre hundido y fue a dar con los huesos puntiagudos de las caderas. Después, centró su atención en el vello negro del pubis sorprendida por haber olvidado aquel animal escondido entre sus piernas. Lo acarició por encima. Se le ocurrió que las madres son las bestias más vulnerables. «Las madres se creen feroces, pero es una careta que ya no asusta». Introdujo la mano entre las piernas hasta que la vulva se abrió sobre los dedos. El hombre. La tablilla de un parqué. La mejilla y la madera. Imágenes de gritos. Gritos sólidos. Gritos como piedras, como cuajos de leche descompuesta, sangre compacta, gritos como intestinos y también intestinos. La boca abierta del hombre de la que caen los espejos que se clavan en los pechos. Luego el hombre se clava como un espejo. «No hagáis tanto ruido». El llanto empezó a sacudirla. «Lo rompisteis todo con una aguja, con el trozo roto de un espejo».

Cayó entre sollozos en posición fetal clavando los huesos contra un parqué que no existía, solo un parqué. Entonces pensó «Estoy enferma, debería venir a buscarme una ambulancia, soy una mujer incapaz, deberían internarme para siempre». De algún rincón oscuro de sí misma emergió el recuerdo de que sabía hacerse la muerta y fingir desmayos. Se abrazó a su vientre y entendió que deseaba con todas sus fuerzas enfermar, una clínica o, por ejemplo, un ataúd con ella dentro. «No me gusta, no lo quiero, no me gusta todo esto, sal de aquí, este es mi cuerpo, sal».

Cuando se despertó había una mujer allí dentro, a unos tres metros, recostada contra la pared. No la había tocado. La Extrajera notó su cara llena de mocos y embarrada por la tierra del piso. La otra levantó los ojos y entonces ella se dio cuenta de que estaba leyendo. Era noche cerrada. Había sucedido algo terrible, pero ¿qué? La paz que irradiaba aquella mujer toda vestida de blanco tras el libro le abrió una puerta de pensar. ¿Quién era? Desde que tarareó tenía cuerpo, por eso durmió, y por eso había tenido pesadillas. La mujer del lugar dejó el libro en el suelo, comenzó a tararear una de aquellas melodías que serenan a las bestias y la ayudó a levantarse. «¿Qué es mejor? —se preguntó—. ¿Dejar de tararear o aguantar las pesadillas?». Pese a que quería unirse al sonido de la mujer del lugar, no lo hizo. Tampoco se atrevió a volver al sueño. Le habían llevado un sayo limpio con el que se cubrió para salir a la humedad sin mancha de los bancales. Decidió no tener hambre y no tuvo hambre. Decidió no tener sueño y no tuvo sueño. Supo que sus decisiones estaban todas hechas añicos. Por lo menos, había conseguido que de nuevo sus recuerdos, ¿recuerdos de qué?, rebotaran contra sus disposiciones antes de llegar a rozarla. Supo también que aquella burbuja de silencio estaba pinchada. Con el filo del trozo de un espejo.

Echó a andar hacia el río sin dudar de que allí le esperaba su reina. De que era su reina.

20

«Son las mujeres las que pactan las alianzas, quienes paren para que sean posibles, y así dibujan territorios, reinos, imperios trazados con la entrega e intercambio de criaturas moneda, Extranjera. Hijas que de ser libres contravendrían cualquier papel, mujeres cuya negativa o exigencia de goce debe ser castigada. Así Juana.

»Se fue Felipe, usó como amenaza a su propio hijo para hacerla volver, su madre la encerró y nuestra reina Juana dejó de comer y de hablar. Comer y hablar, alimento, comunicación e identidad. Como un filo de navaja. Ah, pero ¿por qué dejó de hacerlo? ¿Por amor o nostalgia? Ni hablar. Dejó de hacerlo para tomar partido en la contienda. Había aprendido, era lista además de cultivada, había aprendido pronto lo que escondía la realidad que le habían robado, Extranjera, y decidió intervenir. Llevaba un año sin ver a su esposo y tres sin sus hijos. Eran sus hijos, la única familia que había conseguido tener y ya el único asidero que le quedaba, en ese momento en peligro, amenazados por el mismo verdugo que había tratado de destrozarla y seguiría haciéndolo. Y se revolvió, salvajemente, como lo hacía todo y como nunca, sin más arma que su cuerpo contratacó. ¡Acababa de encerrarla su propia madre en una fortaleza armada! ¿Loca? ¿Loca por usar la única arma que le habían dejado? ¿Quién está más loco, el verdugo que amenaza a madre e hijos o la víctima por resistirse? ¿Quién está más loca, la madre que maltrata y encierra o la hija que se rebela?

»Cuando la reina Isabel la Católica llegó a La Mota, Juana ya llevaba más de cuatro meses forzando al límite su vida. Eso era lo que el resto no podía perder, la vida de Juana. Sencillamente, no podían permitir que ella muriera. Todos perdían algo. Para su desgracia, todos dependían de que siguiera con vida, era la madre del futuro emperador, la heredera al trono de Castilla, la posibilidad de unir el Sacro Imperio Romano Germánico y los reinos de Francia, los reinos de España, y por lo tanto todas las tierras de ultramar recién descubiertas y en conquista. A la necesidad de que vivera, ella opuso la posibilidad de morir, de dejarse morir en silencio. En silencio, Extranjera, dejando además de hablar.

»La reina católica la encontró encerrada en la cocina. Era el fantasma de Juana lo que encontró, pero los ojos de su hija no albergaban un alma en pena sino la furia de la contienda. Entonces Juana le habló. Isabel la Católica dejó constancia de ello por escrito, y con ello se sumó al retrato de la Juana loca, demente más que excéntrica, hija que había faltado gravísimamente a la madre, y con ello a la reina. Isabel dejó por escrito y es bien conocido: "Ella me habló tan reciamente, de palabras de tanto desacatamiento y tan fuera de lo que hija debe decir a su madre, que si yo no viera la disposición en que ella estaba, yo no se las sufriera de ninguna manera...". Ya está. Memorízalas, Extranjera, porque ahí se sella el futuro de nuestra reina Juana. Su propia madre, Isabel la Católica, le permite desacato y agravio por "la disposición en que ella estaba". Sobre esas palabras de la madre construirá el padre su gobierno, y para esos fines, el encierro de Juana de por vida. Torturándola físicamente si la situación lo requiere, estas son palabras de Fernando el Católico, dejó por escrito que permitía el tormento físico de la reina Juana. Físico, Extranjera, ¡físico! Porque en su testamento, la reina católica rubricó su último golpe: Juana sería su sucesora en el trono y propiedad del reino de Castilla y sus tierras "si ella puede o quiere". Ay, Extranjera. Ay. Poder, querer...

»Pero como nadie dejó constancia de las palabras de la princesa Juana, yo te las contaré:

"Me vendiste y me has vuelto a vender, madre inhumana. Me vendiste a cambio de poder, de territorios, como se vende la ganadería. Me entregaste a cambio de ganar tú. ¡A tu propia hija! A todos tus hijos has vendido, infame. Nos diste una educación en rigores, conocimientos, destrezas, sabiduría, ¿para qué? Dime, contéstame, madre: ¿¡Para qué lo hiciste!? Si fue solo para aumentar nuestro valor de venta, ¿por qué a mí, a Isabel, a Catalina, a tus hijas? Sabías que jamás podríamos disfrutarlo, que eso nos haría doblemente infelices. Sabías que, como tú, estamos condenadas al silencio, la obediencia, la miseria. Sí, mírate, madre, mírate. Mírate y dime quién eres. Una desgraciada que aullaba solitaria las ausencias de su esposo, amargada, furiosa, puesta en evidencia y sin decoro. Eres reina, poderosa, sí, ¿a cambio de qué? De amargura, mírate, de amargura, como yo. Respóndeme: ¿ha merecido la pena? Sabías que me vendías para ser como tú, y ni siquiera reina. Usaste mi cuerpo y el de mis hermanas, desgraciada. Yo te maldigo, desgraciada, desgraciada. Supiste de mi tortura, te llegaban noticias, siempre supiste de cómo me sometían a pasar frío y hambre, de cómo mataban a los castellanos que me acompañaron, a mi gente. A tus hombres, madre, a tus propios hombres, por millares los mataron. Ah, pero mi cuerpo era solo un saco de riquezas, el pago por el poder. Para ti valgo menos que tu montura, tus bestias han recibido mejor trato que yo, ¡cuánto mejor! ¿Para qué me enseñaste a ser libre y luego me entregaste al encierro y la doma? ¿Por qué me enseñaste a pensar y conversar para después entregarme al silencio? Me has robado la vida. Me has condenado ya para siempre. Me has robado a mi madre, la esperanza, el amor, la infancia. ¡A mi familia! Huérfana quedo. Dime quién soy yo ahora, dime qué queda de mí, reina sin corazón. Tú me conoces, me has conocido siempre. Pero me llamarás loca como todos ellos. Me llamarás demente igual que me vendiste. Me llamarás desquiciada, y usarás mi alma como usas mi cuerpo. Porque tú no tienes alma, por eso. Pero estás atada a mi vida por mi hijo. Jamás esperaste que yo llegara a reinar, ¿no es así? Antes que yo estaba mi hermano, y tras él sus hijos. Pero murió sin hijos. Qué desgracia, ¿no es así? Después de él, debía reinar mi hermana Isabel, que sí parió, pero murió en el parto. ¿Recuerdas cómo te agarraste a su hijo Miguel, con cuánto empeño le diste el calor que a ninguno de nosotros nos habías dado? Este también murió. Qué desgracia, ¿verdad? Qué mala suerte para tus empeños que ahora te toque yo. Porque no me amas. Lo que yo creí atenciones no era más que negocio. Me usaste y ahora tienes que volver a usarme y tienes miedo. Tienes miedo de mí, y me llamarás loca. Estás atada a mí de la misma manera que yo atada a ti, desgraciadamente para mi vida, para mi corazón y para mi futuro. No quiero ser como tú, reina de la amargura, de la infamia, mujer capaz de vender a sus propios hijos para enriquecerse, para ganar. Tú no sabes perder, pero has perdido, madre, ya has perdido. Porque yo no voy a morir. Viviré y seré reina".

»De haberla tenido, Juana se habría abrazado a su trompa marina. De haberla tenido aquella habría sido su voz durante el encierro, voz y cuerpo. Pero como sus hijos, aquel instrumento, amante y elevado, permanecía en Flandes».

21

Al amanecer, la Extranjera caminó descalza hasta la casa más apartada. No recordaba haberla visto antes. Adosada a la jungla, la entrada del edificio se abría hacia la explanada de forma que desde allí no se veían las casas de las monjas, solo el pabellón de los monos allá lejos. Se trataba de una construcción de planta rectangular con las traseras ya entre la fronda. Al contrario que el resto de las edificaciones estaba levantada en piedra, lascas sobre lascas, hasta unos cuatro metros de altura. A partir de ahí, y hasta el techado de palma y adobe, quizá resina, se levantaba una franja de vidrio traslúcido de un metro de alto o algo más. Al fondo, una abertura circular también traslúcida jugaba con los verdes, las sombras y los rayos de luz que atravesaban la vegetación. Sin duda estaba pensada como el interior de un pequeño templo, una capilla. La Extranjera recordó las iglesias románicas. ¿Qué recuerdos permanecen y por qué cuando se niega la memoria? Se detuvo en el quicio de la entrada franca hasta que sus ojos se acostumbraron a una luz que no era resplandor, sino el brillo mate del papel a la albura cenital. Sintió el frescor que respiraba el lugar. Su cuerpo dibujaba en el interior un rectángulo cargado de calor, lo contrario a una sombra fresca.

Dentro, una docena de mujeres del lugar permanecían en silencio, todas vestidas con sus inmaculadas ropas blancas. Sentadas en el suelo aquí y allá, recostadas contra las pilas de libros que cubrían completamente las paredes desde el suelo hasta el vidrio corrido, descansaban con las piernas cruzadas y sobre las piernas de cada una, un libro. Reconoció a varias de ellas. A otras, en cambio, estaba segura de no haberlas visto nunca. Dio un paso para evitar su sombra y se apoyó de pie contra la pared que quedaba justo a la derecha de la entrada. Dos de ellas, solo dos, levantaron la vista de sus libros, la miraron sin curiosidad y volvieron a sus lecturas.

Aquella paz la turbó como un repentino desnudo extraño del alma. «No conozco esto», se dijo. «¿Qué es esto?». Le pareció que todas respiraban al unísono como un magnífico animal tumbado a la sombra. Pensó en la palabra «sagrado». Después, en la palabra «sacrificio». Las palabras a menudo se encadenan en una sintaxis sin evidencia. La palabra «sacrificio» se le pareció en el extremo opuesto de lo sagrado. Allí el silencio ni siquiera flotaba. El silencio era y en ese ser se expandía.

Los libros que descansaban cada uno sobre la cubierta del anterior formaban altas columnas que tapizaban la estancia de cueros y cartón. Vio el movimiento borroso de lianas y hojas tras el ojo del muro del fondo. Vio que estaba enmarcado por una fina capa de metal dorado y pensó en el cuidado de las cosas y los asuntos. Aquel lugar requería unas atenciones minuciosas, constantes. No le cupo duda de que las recibía. Alguien tenía que evitar que la vegetación lo engullera del todo. Alguien tenía que limpiar los gruesos cristales traslúcidos, evitar humedades y espantar animales. Volvió a preguntarse por qué no entraban los monos, de la misma forma que no se robaban las mazorcas de maíz del pabellón. ¿Alguien había planeado y transmitido, creado la rutina necesaria para la conservación de aquella biblioteca o era fruto de un aprendizaje lento, año tras año? Y en tal caso, ¿desde cuándo?

«En este espacio el silencio late y ha estado siempre aquí», se dijo. Su sorpresa era tranquila. Desde que Walter Salazar la depositó en aquel claro de la selva, el edificio había estado ahí, siempre, y sin embargo no le había prestado atención. «Siempre es siempre», volvió a fijarse en el borde metálico del pequeño rosetón decorado de exterior. «¿Cuánto es siempre aquí? ¿Cuánto tiempo es el tiempo de este lugar?». Se preguntó por qué no lo había visto, o si lo había visto, por qué no le había prestado atención. ¿Había rechazado la idea de acercarse en alguna ocasión? No podía recordarlo. Ignoraba si aquellas mujeres comían o no en la Casa Grande o en cualquier otro lugar. Para conocer las cosas y a las gentes debe mediar la voluntad de hacerlo, que es justo lo contrario a la voluntad de no ser. Recuperó la incómoda impresión de que algo había empezado a ponerse en marcha.

Permaneció allí de pie, junto a la entrada, hasta que la tormenta oscureció el lugar. De pronto era muy tarde. Con los primeros goterones, las mujeres cerraron sus libros y comenzaron a tararear aquel sonido sin palabras, la sencilla y profunda vibración de las cuerdas vocales que tejía la serenidad repetida. Un miedo inmediato la lanzó fuera de allí hacia la lluvia recia y echó a correr al lugar donde las niñas miraban el agua caer haciendo sencillamente eso, mirar el agua caer. Se acuclilló al calor de la infancia.

La sobresaltó la mano de la Española sobre el hombro. «Ellas estaban aquí antes que todas nosotras, estaban ahí cuando yo llegué, y antes, cuando nacieron las hijas de monja ya estaban aquí». La cortina de agua les iba humedeciendo el rostro como un sudar humedades de otra. La Extranjera había cambiado y su anfitriona también. Cuando un muro se empieza a agrietar, puedes seguir echándole piedras hasta que caiga o prepararte para recoger los cascotes. La Extranjera no llegó a pensarlo, pero eso le bailaba dentro. «Imagino que todas tenemos una leyenda, pero por muy real que sea, siempre habita una leyenda mucho mayor, y así, como las muñecas rusas», dijo la Española adoptando la postura de todas junto a la Extranjera, con la vista fija en ningún sitio. Sus mirares paralelos atravesaban el aguacero y no trataban con el espacio. Tratar con el tiempo es tarea lenta. «Si llegaron con la Bisa monja o después, no podemos saberlo, nadie lo contó. Al llegar las primeras monjas desde España no encontraron a nadie aquí, pero tú tampoco las habías encontrado hasta hoy. No se trata de buscar, sino de permitir que las cosas sucedan».

Dejó de llover como había empezado, como cada tarde, como cada cielo dejó de llover de golpe y la Extranjera se levantó. Sin mirar a la Española, echó a andar hacia el río y en aquella ocasión fue ella la que se sentó a esperar a Marta la Negra. Caía la noche cuando le pareció que no veía pasar a una niña muy pálida.

22

«Supo que su esposo Felipe tenía otra mujer en cuanto pisó tierras de Borgoña. "¿Sabes con quién estaba tu padre la noche que tú naciste?". La crueldad de su infancia siempre ahí, pisarle los juguetes, agujeritos para el rey, arañazos de gatitas lúbricas. A su paso, las miradas huían bajo la niebla amarilla de murmullos que acompañaban guiños y el hambre insana de solaz. "¿Sabes en qué lecho pasará hoy la noche el rey?". El personaje grotesco de la reina castellana regresaba para deleite de las secundarias. Era un *a ver qué pasa*. Nadie salvo su esposo tenía la certeza de que volvería, suya era la amenaza a la madre, y pese a ello no ocultó a la nueva mujer, allí estaba, detrás de él, dulce, jovencísima y rubia, cuando Juana entró en la cámara. Pero no fue eso lo que la cegó. La cegó un tajo astillado de muerte que despidió de su pecho una bandada de avecillas negras, miles salieron por su boca para teñir el espacio de pez y no era alarido, sino una vida que en ese momento acabó sin dejar memoria.

En un rincón de la estancia, amontonados, los pedazos de su trompa marina dibujaban un horror. La única cuerda colgaba del mástil roto, era el silbido afilado que despide con su fin el último consuelo. Gritó aves negras mientras su esposo partía cobarde, gritó hasta que la puerta se cubrió de bocas, gritó para aniquilar el sonido y enterrar el mundo en un silencio funeral. Y fue con el filo de una de esas astillas con lo que rajó la cara de la concubina. "¡Rapadla!", gritó al cúmulo de mujeres inmóviles en el umbral, amontonadas de espanto. "Que no quede en su cabeza ni un solo cabello, ni uno solo". Se acercó de nuevo al montón de madera y nadie se movía, aún cerrado el silencio. Extrajo la cuerda de la voluta intacta y tensándola con ambas manos, murmuró "Con esta cuerda cortaré el cuello de quien no me obedezca". Ninguna de ellas tuvo duda.

»Quedó sola en el centro de la sala tras el alboroto de llantos y aspavientos, un armazón exhausto, mujer de hueso, palo seco. Entonces, se sentó en la piedra junto al instrumento amante destrozado y no se preguntó quién ni por qué, ni regaló un sollozo. Por eso, cuando alguien cerró el portón con ella dentro, supo que no permitirían que saliera de allí hasta la muerte de su madre, hasta que siendo por fin reina hiciera rey al macho y su presencia resultara imprescindible. Así fue, Extranjera, así fue.

»Extendió en el suelo los pedazos de su trompa marina, aquella con la que había aprendido de niña lo que es la elevación, la que abrazó en su primera travesía por mar a desposarse, el cuerpo musical que le dio aliento en las noches de frío sin abrigo y los días de hambre borgoñona. Su vida. Los extendió en el suelo componiendo un cuerpo parecido al que tuvo y se tumbó al lado de aquel esqueleto descompuesto. Así pasó dos días y dos noches, hasta que un ruido afuera la sacó de su tensión. Y volvió a gritar. Se abalanzó contra el portón y bramó golpeándolo con puños y patadas hasta que sintió sangre en la boca. Pasadas algunas horas, la puerta se abrió. En el corredor, cerrando el paso, la apuntaban diez arqueros por orden de su esposo. Uno de ellos señaló al suelo, donde alguien había dejado una escudilla con alimento, daba igual qué alimento, que engulló como lo haría un animal del bosque. Cuando trató de dar un paso, los soldados se tensaron apuntándola con ojos de cumplir órdenes. Fueron aproximándose a Juana hasta que volvió a quedar dentro y echaron los cerrojos.

»Al contrario de lo que había sucedido en La Mota, nuestra Juana se puso en movimiento. Agarró lo que quedaba del mástil de su trompa marina y comenzó a golpear con él el suelo. El sonido recorrió el palacio y lo llenó de avisos. Cuando se quebró el mástil, utilizó uno de los palos que sustentaba el dosel del lecho. Cuando este se rompió, el siguiente, y después el siguiente, y así siguió haciéndolo durante semanas, todo el día sin descanso, incluso dormida golpeaba. Pasaron los meses de junio, julio, agosto, pasó el verano gris de aquella tierra umbría, pasaron septiembre y octubre. Pasaron lluvias, llegaron los primeros fríos, amagaron heladas, y ella no paró. No pensaba parar. Le iba en ello la cordura. ¿Me entiendes, Extranjera? Le iba en ello la cordura. De haber admitido una nueva prisión sin oponerse, su fractura no habría tenido arreglo. Era terca, era reina, y se había propuesto dar batalla. Ningún combate es fácil y en el tesón descansa la victoria. Afuera enloquecían con sus golpes.

»Llegó el mes de noviembre, cumplía veinticinco años y nadie le anunció la muerte de su madre Isabel la Católica. Toda la cristiandad salvo su hija conoció la noticia. Juana ya era reina propietaria de Castilla y aún tardó algunos meses, ya preñada de nuevo, en saberlo. La misma semana en la que quedó huérfana de madre, y la siguiente y hasta tres, Felipe volvió a pasar por su lecho. Ya era soberana. Ella no lo sabía, pero él sí. Hasta ese punto, Extranjera, hasta ese punto su cuerpo y aquella realidad que le inventaban. Era ya sin saberlo reina y su esposo la volvió a ocupar. Cuando tiempo después le dieron la noticia, ya llevaba cinco meses de embarazo. Nueve meses después de que Felipe el Hermoso supiera de la muerte de la reina católica, nació María, la quinta hija de Juana. Nueve meses después, en el mes de septiembre de 1505, cuando Leonardo da Vinci pintaba la Gioconda. Cómo saber de eso, de las cosas realmente existentes.

»En enero del año siguiente, cuatro meses después de ese parto, cuando marcharon definitivamente a Castilla, Juana volvía a estar embarazada, aunque aún no lo sabía ella ni nadie. Hay que contar los meses hacia atrás, Extranjera, para entender los hechos. Los hombres narran los hechos marcando nacimientos en el calendario, pero es contando los meses hacia atrás cuando se entienden las cosas. No en el parto sino en la coyunda.

»Aquella vez sí, aquella vez el viaje fue por mar, nada de Francia. El febril acercamiento del archiduque a Juana, a punto de ser coronados, bien podría verse como una inversión económica, ¿no te parece, Extranjera? Juana había tomado posesión de sí misma, ya era reina, cualquier vástago suponía otro territorio, otro reino, como así fue. Todos sus hijos y sus hijas, Extranjera, los seis acabaron reinando. ¿Lo recuerdas? ¿Recuerdas sus nombres, Extranjera? Sabía que le habían ocultado la muerte de su madre, tanto su esposo como su padre se la habían ocultado, dos hombres que acababan de empezar una lucha sin cuartel por ocupar el reino de Castilla, liza que solo terminaría con la muerte de Felipe el Hermoso a poco de llegar a tierras castellanas. De nuevo Juana era el campo de batalla. Ambos necesitaban inhabilitarla para ocupar su lugar. Encerrarla por loca era la mejor opción, puesta en marcha desde mucho tiempo antes.

»Pero Juana volvía a ser nuestra Juana. Cuentan las crónicas que en la mitad de la travesía se desató una tormenta capaz de hundir toda la flota y otras dos flotas más, que los palos se partían, las naves desaparecían en el oscuro vientre de las aguas, el oleaje jugaba a la vida y la muerte con la embarcación donde viajaban los esposos, la echaba a volar y estrellarse mientras el mar iba engullendo enseres y hombres. Cuentan cómo la única que quedó en cubierta fue la reina Juana, serena, consciente a esas alturas de tener la muerte de su lado, vida a vida. La reina sin naufragio, sola, soberana dura y empapada, sacudida, impertérrita. Está escrito, Extranjera, para desazón de descreídos y fabuladores. Así está escrito por aquellos que lo presenciaron desde el vientre de la nave. Acababa de parir, volvía a estar preñada, y cruzó la tormenta con aquel empecinamiento sin consuelo que no habría ya de abandonarla, mascarón de proa. Recuérdalo, Extranjera: nunca naufragó Juana.

»Aquel mismo año, el papa Julio II colocaba en Roma la primera piedra de la basílica de San Pedro. Años después, en el convento de las clarisas de Tordesillas, la anciana reina Juana supo de las duras críticas de Erasmo de Rotterdam a la demolición de la antigua basílica situada en aquel lugar. Habrían de pasar muchos años, décadas.

23

«Dejas de hablar y ahí está la herida». Pensó la Extranjera en la reina Juana. «Porque ahí está la herida. Todos tenemos una herida. Las heridas se reconocen. Las heridas infectadas permanecen y ay de ti si supuras porque solo permitirás el acceso hasta ti a quien también supura o a quien entiende tu infección. Mi herida es un mundo en putrefacción. Pero ¿de dónde viene la herida?». La Extranjera se encaminó hacia la playa contando sus pasos. Se detuvo al llegar al río absorta en la voz que deja de ser. Permitió que los monos de la costa se acercaran hasta ella, que jugaran con su cuerpo. Algunos retiraban trocitos de hoja de su piel y después los masticaban sobre ella. Sintió el rugido ronco de un mono aullador que la miraba desde la rama de un árbol cercano con sus ojos de azabache. Deseó ser aquel simio de la misma forma que había deseado estar enferma, ser hospitalizada, dejar de ser responsable de su vida. De eso se trataba. «Los pasos dados no tienen vuelta atrás. La idea de la vuelta atrás es una trampa de cazadores, amigo», habló sin voz al animal. «Cada paso está dado. Puedes dar otro. Puedes volver al mismo lugar con un nuevo paso, pero ese es ya un nuevo paso, aun si es hacia atrás. El primero ya está dado. Negarlo es una trampa». Pensó en la trampa boba del optimismo, la bobada de hacer planes. «Lo que se planea no se hace. Se hace lo que se hace», y dio otro paso. Así avanzaba, contando cada uno de sus pasos por la ribera, esperando el golpe de aire salado y a la vez dilatando el momento. El deseo se alimenta con esperas.

Se dio cuenta de que caminaba sola, sin pisadas que la siguieran. Sola recibió el rumor del océano y vio el sol ya alto sobre la jungla. Sola se enfrentó a la cada vez primera, magnífica imagen del Pacífico dormido en aquella cala blanca, su cala blanca. Llegó hasta la orilla y se sentó en la arena abrazándose las piernas. Fue mirando las hojillas, las cortezas y los palitos adheridos en sus brazos, uno a uno, contándolos con la morosidad con la que había ido contando sus pisadas. Hizo ademán de ir a retirarse un resto seco vegetal, pero cortó el gesto a mitad de camino. No sería ella quien lo retirara. Pasado un tiempo que podía ser mucho o lo contrario, se dio la vuelta, allá arriba estaba la cordillera azul. Y nada más. Solo se dio cuenta del anhelo que escondía ese «nada más» cuando sintió a María la Blanca acomodarse a su lado. No retiró la mirada de la raya en la que se juntan cielo y mar. Sencillamente, con una sensación de ingravidez, esperó a que la Blanca empezara a retirar hojillas y cortezas de sus brazos, sus tobillos, sus pies, del cuello. El deseo se alimenta con esperas.

Entregada al pequeño placer de ser tocada, pensó que ya era hora de pensar, y no era pereza lo que se lo impedía, sino una opresión en el pecho apenas soportable, un ahogo sin metáforas, físico, una garra que le exprimía el estómago. Si comiera, vomitaría. Pero no comía. Todo eso sucedía una y otra vez, en cada ocasión que jugaba con la posibilidad de pensar al fin. «Es el dolor, el dolor, el dolor». Al menos enunciar mentalmente la palabra dolor, las cinco letras, una detrás de otra, podría ser un paso. Ruido, dolor, miedo. Pero la memoria tiene más de cinco letras, como el pánico y la náusea. Como la herida. «Hay que abrir —se dijo—, pero ¿abrir qué?». Pensó en su reina escarchada en dolor, supurando su herida, y luego «Tú tienes cosas que hacer». Así se lo había dicho María la Blanca en aquella misma playa. «No puedes quedarte aquí si te quedan cosas que hacer».

Aquella noche se despertó empapada y ardiendo. Había soñado con una casa sin puertas ni ventanas al exterior. Cada puerta daba a una estancia cuya puerta daba a otra estancia y esta a la siguiente y así hasta volver a empezar. Dentro había un hombre y alguien que corría peligro de muerte, pero no los veía. Solo lo sabía. Abrió los ojos todavía en los lodos del sueño y no sintió la mano de María la Blanca sobre el pecho a lomos de su respiración violenta. Arriba, abajo, rugido, arriba, abajo, arriba, rugido, rugido. Sus gritos sin voz eran como el ladrido ronco de los aulladores. Sintió el paño con agua sobre la frente y entonces despertó del todo. Miró a María la Blanca con el terror de no haberla visto jamás a oscuras y la certeza de que era una aparición. Afuera, la noche clara olía a mar y la jungla estaba en calma, pero eso ella no lo supo. La Extranjera trató de darle un golpe que la Blanca detuvo sin necesidad de fuerza y volvió a desvanecerse. Ni siquiera entre los pavores del sueño pronunció sonido articulado. Eran los suyos estertores sin posibilidad de superficie.

Cuando volvió a despertar, debilitada y blanda, seguía tiritando en los brazos de María la Blanca. Tumbadas de costado, la Blanca le encerraba los huesos en el cofre de su propio cuerpo. No había amanecido aún. Supo que la noche no iba a arrastrar la fiebre consigo, que permanecería porque así se lo decían todas sus junturas.

Pasó el día o quizá más días y cuando recuperó la conciencia de nuevo era de noche, pero esta vez sentada junto a ella estaba Marta la Negra. Nunca la había visto en el interior de una casa, de ninguna casa. La Negra vivía en la espesura o sobre aquel tronco suyo junto al río. La fiebre le impidió sentir una extrañeza lógica. Todo había empezado a cambiar. Todo cambio interior modifica sus exteriores.

24

«Cuando Juana llegó a tierras castellanas su leyenda ya era popular. Los críos hablaban de la reina loca que degollaba a sus criadas a cuchillo, sangrienta y despiadada. Las mujeres, de una reina demente que andaba desnuda por palacio, arrastrando su cabellera por el suelo, gritando de celos, arañándose la cara, viviendo por torres y almenas, durmiendo sobre el hielo a la espera del regreso de su esposo. Los hombres describían sus noches de delirio sexual, la voracidad de una hembra capaz de fornicar con las caballerías cuando el archiduque pasaba temporadas cazando por los montes de Flandes. Corría de boca en boca que había escrito una carta a su madre muerta, en la creencia de que el espíritu de la reina católica recibiría sus letras. Eso es lo que había narrado Fernando el Católico, su padre, a los nobles y el clero de Castilla, a quien le quisiera escuchar; eso habían difundido entre los pueblos las criadas del castillo; esa leyenda de la reina demente recibió a nuestra Juana. Ahí estaba el testamento de su madre para atestiguarlo.

»Isabel la Católica se negó a ceder el gobierno de su reino a su esposo Fernando, y mucho menos a su yerno

Felipe, sabedora de la codicia y crueldad de ambos, del futuro que correría en manos de quienes consideraba extranjeros. Castilla debería seguir siendo Castilla, y la única salida era la reina Juana. Recuerda los términos del testamento, Extranjera: la reina católica dejó escrito en su testamente que Fernando solo podría gobernar en su nombre, si esta "no pudiese o quisiese" hacerlo. Isabel conocía como nadie a su hija, sobre todo desde su último encuentro en La Mota. ¿De verdad quería reinar Juana? Esa era la cuestión. La fórmula que utilizó la reina católica encerraba exactamente esa pregunta. ¿Qué heredero podría no querer la corona? Juana, sin duda, y solo ella. Su empeño en ocupar el trono no tenía que ver con la ambición insaciable de su esposo y su padre, sino con el convencimiento de que solo así se libraría de otro encierro, crearía su casa, ya no dependería de otro hombre. Pero no fue ese finalmente el camino.

»Recuerda que desde su partida con dieciséis años y su matrimonio, la vida había sido para ella encierros y más encierros, humillaciones y violencia sobre violencia. ¿Qué era para ella el matrimonio? Violencia. ¿Qué era el hombre? Violencia. ¿Qué era el poder? Violencia y más violencia. El único tiempo que recordaba de felicidad, o al menos de sosiego, era el de su infancia e instrucción en Castilla. ¿Cómo no desear volver ahí? Cuando tomó conciencia de la traición su madre, se quebraron los recuerdos de entonces y decidió conquistar ella misma su único territorio feliz, la familia, crear su propia estirpe. Por eso decidió reinar y por lo mismo decidió no hacerlo. Isabel la Católica no era ajena a esa contradicción de su hija. El "si no pudiese" es formal. El "si no quisiese" resulta tan extravagante en la herencia de un trono que sin duda encierra la conciencia de madre, por encima del cuerpo de reina.

»Antes aun de pisar el que sería su reino, Felipe el Hermoso y Fernando el Católico ya se enfrentaban arañando el poder sobre la piel de Juana, con las espuelas clavadas en su carne, carne también de madre. Sabemos de dicho enfrentamiento, conocemos los detalles, las intrigas y artimañas de ambos, pero nada sabemos de cómo vivió Juana aquellos meses. Para su padre era una completa desconocida, una tercera hija que partió y de cuyo cuerpo solo esperaba un descendiente, quizá ni eso. Aún estaba Isabel la Católica en su lecho de muerte cuando el rey empezó a tejer sus pactos con lanas de locura y esparto de futuros deseables. Pero el archiduque Felipe de Habsburgo ya era rey de Castilla, así que pocos días después de su llegada, exactamente dieciocho, murió. Así de simple, Extranjera. Tres cuerpos eran demasiados cuerpos para disputar un trono. El de Borgoña era un extranjero que ni la lengua conocía, un indeseable que apenas tuvo tiempo de repartir entre los suyos lo que rascó del reino, un estorbo despreciable fácil de eliminar. Habrás oído hablar del vaso de agua fría que lo acabó matando. Qué simpleza. No entraré en más detalles. Aún les dio tiempo para redactar un tratado a dos firmas con el que certificar la supuesta incapacidad mental de la reina Juana.

»Las mismas Cortes que habían declarado rey a su esposo, encontraron a la reina Juana, y así lo hicieron constar, sana, serena, cabal y justa. Sin embargo, ahí estaba el Tratado de Villafáfila firmado por su esposo y por su padre donde se la declaraba incapaz por enajenación mental. Las firmas permanecen, Extranjera, pero solo aquellas que tratan con la supuesta demencia de Juana han rodado hasta llegar intactas al interés público.

»Cuando murió Felipe de Habsburgo, en septiembre de 1506, Juana estaba embarazada de seis meses. Había acompañado al esposo en su agonía sin un solo gesto de dolor, de la misma manera que no mostró tristeza ni derramó una lágrima a su muerte, serena y relajada a los pies del lecho. De esto también queda constancia escrita, Extranjera, para vergüenza de los embusteros, inventores de venenosas locuras de amor. Nadie llora a su verdugo. Se despidió de aquel resto que había sido su esposo, lo mandó embalsamar e hizo que le armaran un ataúd de plomo recubierto por otro de madera. Tenía que durarle, sin duda. Tres meses después, ya en su octavo mes de embarazo, Juana lo mandó desenterrar y marchó hacia Granada con el féretro entronizado, rodeado de antorchas y un séquito de cientos de hombres, soldados, clérigos, miembros de la nobleza, sirvientes. Se dijo y se dice que respondía a los deseos de Felipe el Hermoso de descansar junto a la reina católica. Había dejado escrito que enviaran su corazón a Flandes.

»Ahora, escucha esto, Extranjera. En tres ocasiones consta que Juana pronunció la expresión "*No tan aína*", que significa "No tan pronto". Respóndeme, Extranjera: "*No tan aína*", o sea "Aún no", ¿es cautela o desgana? ¿Acaso cansancio? ¿Aplazamiento de una decisión? ¿Necesidad de reflexión madura? Cuando Fernando el Católico le instó a dar sepultura al cuerpo de su esposo, estando ella aún en Arcos, respondió: "*No tan aína*". Cuando le rogó que, ya viuda, uniera en matrimonio con Enrique VII de Inglaterra, ella le respondió: "*No tan aína*". Con tal gesto decretó sin saberlo su propio encierro. Años más tarde, al pedirle los comuneros que encabezara la toma del trono de Castilla, Juana volvió a pronunciar el "*No tan aína*". Aquello selló la puerta de su cárcel para el resto de su vida. La primera vez no había cumplido los treinta. La tercera ya había superado los cuarenta.

»No tan pronto. No todavía.

»Acababa de morir su esposo y verdugo, y su padre batallaba en Nápoles. *No tan aína.* Estaba sola y a punto de parir. *No tan aína.* Así que desenterró el féretro y se echó a los campos, Extranjera, a los campos helados del enero castellano, con las pieles sobre ella escarchadas de día, congeladas de noche y en la panza una criatura a punto de nacer. *No tan aína* hacerse cargo de un gobierno cuyas tierras no conocía. *No tan aína* organizar a los señores, a la Iglesia, la corte, servidumbres. *No tan aína* reponerse de haber tenido que evitar su último encierro pasando la noche entera a lomos de su montura al saber que su esposo Felipe había planeado encerrarla en un castillo antes de entrar por fin en Burgos, donde días más tarde él habría de morir. *No tan aína* ser cuerpo de reina, Extranjera, de eso se trataba. Ah, la loca que pasa la noche a caballo, la loca que duerme a la intemperie, la loca que sabe de encierros sin conocer aún la realidad. Qué loca, evitar los encierros del cuerpo, evitar los encierros del alma, encerrarse ella misma en su ser mujer, ¿no? Qué loca enfrentarse a la violencia, ¿no, Extranjera? La locura, esa forma de desobedecer el dictado de un tiempo que te espina. ¿Podemos llamar locura a la más enconada valentía?

»Así que emprendió la marcha ordenando descansar solo en pequeñas poblaciones, un cortejo siniestro y aterido iluminado de hachones sobre la nieve de la meseta, maldiciendo a la reina loca, y sin embargo obedientes. Hasta que, tras un mes de peregrinaje, tuvieron que parar en Torquemada para que Juana diera a luz a su última hija, la sexta, Catalina, que no habría de conocer a su padre ni nada más que cárcel y tortura, encerrada junto a la reina Juana, hasta que a sus dieciséis años la mandaran a casar con el soberano de Portugal. Un mes son semanas, días, horas, en marcha, a punto de parir, por la estepa congelada, Extranjera, pero le exigían reinar, corría prisa, se temía por la estabilidad de Castilla. *No tan aína*, machos, que la reina es madre, cuerpo de mujer. *No tan aína*, machos, que ninguno de vosotros habría conseguido, ni siquiera osado, cabalgar los hielos a punto de parir, y después parir en soledad bajo la piedra de otros.

»Entonces se detuvo. En todos los sentidos, se detuvo. Colocó el féretro de su esposo en una cámara del palacio episcopal de la pequeña población de Arcos, diez kilómetros antes de llegar a Burgos, y se detuvo. *No tan aína*. Se había encontrado con su padre, Fernando, que regresó de Nápoles para hacerse cargo de aquella tierra sin gobierno en la que la peste empezaba a hacer estragos. A partir de entonces y hasta el final de la reina Juana, la muerte sembró la peste por las tierras de España sin rozarla. Primero la sequía, y luego la peste y los muertos de hambre y los muertos de frío y las muertas de parto. Empezó a correr la voz, el rey católico la corrió también, de que la reina loca había llevado a Castilla la devastación. Ella decidió entonces detenerse en Arcos, no llegar a Burgos, y allí permaneció dieciséis meses, Extranjera, desde el otoño de 1507 hasta el invierno de 1509. Entró en Arcos con veintinueve años. Cuando salió había cumplido los treinta y uno, la pequeña Catalina ya caminaba tambaleante y Juana había tomado la decisión de recluirse en el castillo de Tordesillas. Su decisión, Extranjera, fue su decisión.

»Tenía que seguir pensando. *No tan aína*, no tanta prisa. Tenía que alcanzar su cuerpo de mujer para mostrar el de reina. Recuerda los dos cuerpos en los soberanos: el cuerpo de hombre y el cuerpo de rey. Uno es el humano, esposo, padre, amante, que tiembla de amor o de odio, pasiones humanas. El otro es el cuerpo de la institución, que también descansa en él, y gobierna, decide sobre la vida y la muerte de su pueblo, recauda, dicta leyes, y será legado porque permanece más allá de cada hombre y sobre todo maneja la violencia. No se me ocurre ninguna razón por la que Juana quisiera parecerse a su madre, a su padre, a su esposo, ninguna. Recuerda, Extranjera. Juana hasta entonces solo había sido cuerpo de mujer, apenas algunos atisbos de su ser reina, pero ¿era la reina la que había plantado cara a la tempestad, mascarón de proa, a la ignominia, a la humillación y la muerte, o era solo la mujer enconada y valiente, furibunda?

»Un año y cuatro meses tardó Juana en salir de Arcos camino a Tordesillas. Ahora ya sí, es el momento. Su cuerpo de mujer estaba en paz. Iba a ser una parada breve y allí se encerró durante casi año y medio. En lo que duró aquel tiempo llegaron de allí noticias que hablaban de una mujer desaseada, en los huesos y ataviada en la más severa austeridad, que no dormía, apenas se alimentaba y había decidido no hablar, y sin embargo, nuestra reina Juana se hizo llevar músicos habitualmente. Eso necesitaba, y eso precisamente le habían robado. Lo que sucede, Extranjera, es que encerrada en el palacio de Arcos no fue reina y en cambio llevó su ser mujer al límite, eremita del mundo y de sí misma, solo con el silencio interior que la música procura. Y aún me parecen pocos los dieciséis meses que tardó en descubrir que toda la realidad en la que había vivido era una creación, la invención de las hienas, las aves carroñeras del poder. Descubrirlo y digerirlo. Digerirlo y aprenderlo. Aprenderlo y recuperar su capacidad de erguirse de nuevo. ¿Vestida sin cuidado? ¿Ayunando? ¿Sin querer dormir ni hablar? El alma conventual del llamado recogimiento, Extranjera: ayuno, silencio y vigilia. El Kempis. Cuando a la muerte de nuestra reina Juana presa se hizo inventario de los muchos libros que atesoraba, ahí estaba la *Imitación de Cristo*, de Tomás de Kempis, el libro más popular en el cristianismo de la época. Habla del silencio, el ayuno y la vigilia como formas de elevación. Como formas de oponerse a la opulencia, la violencia y la ignorancia de los poderosos.

»Ahora pregúntate qué hizo nuestra reina Juana durante tanto tiempo en Arcos y qué Juana salió de allí, decidida por fin a entrar en el palacio convento de Tordesillas. La llamaron loca por no hablar, la llamaron loca por no comer, la llamaron loca por no dormir. Por negarse a vestir a la manera de una reina, por renunciar a la opulencia y la ostentación. Todo eso obligando a la comitiva a descansar solamente en pequeños pueblos sin residencia de nobles.

»Salió de Arcos hacia Tordesillas junto a su padre y el féretro de Felipe el Hermoso. Esa y no otra era su condición, que el féretro permaneciera a su lado. Mientras el cuerpo del rey muerto permaneciera insepulto, cualquier nuevo matrimonio sería imposible. Hasta tres veces la visitó su padre, el rey católico, en Arcos, Extranjera, hasta tres veces a insistirle para que enterrara al Hermoso. Y hasta tres veces se negó ella. No cedería, por una vez podía no ceder y dejar a su padre, ya vuelto a casar, sin esperanzas de dar un heredero a Castilla. Quien había sido su verdugo, Felipe, se convirtió en arma y salvaguarda. Mientras siguiera su cuerpo sobre la tierra, nadie podría obligar a la reina Juana a tener a otro hombre al lado.

»Y fue ella, ella y solo ella, nuestra reina Juana, Extranjera, quien decidió recluirse en el palacio de Tordesillas, junto al monasterio de las monjas Clarisas, practicantes de las franciscanas austeridad y pobreza, del recogimiento: silencio, ayuno y vigilia. Fue ella y nadie más que ella quien decidió la clausura frente al poder, su cuerpo de mujer frente al de reina.

25

Tumbada en el piso de su cuarto, exhausta, veía por la ventana lloverse la cortina del cielo cuando entraron tres muchachas del lugar. La mayor de ellas avanzaba entre una nube de caldo de pollo en vaharadas procedentes del cuenco que cargaba. Aquella niña blanquísima de sus fiebres había vuelto a desaparecer. No la echaba de menos. Estaba, ya estaba ahí dentro y su existencia no le infundía temor ni melancolía. Estaba ahí. No sabía cuánto tiempo hacía que se retorcía entre los reptiles de la fiebre. Al notar su esqueleto entendió que estaba viva y despierta. No se le ocurrió preguntarse por qué en el suelo. Aquellas muchachas pertenecían al mundo exterior a sí misma. Con silenciosa delicadeza la incorporaron. No le ayudaron a incorporarse, ellas incorporaron la planta caída de su cuerpo, pasaron suavemente las manos por sus ramas y sus hojas, enderezaron su tronco. Con sus propios cuerpos la apuntalaron en una tambaleante verticalidad hasta que dos pequeñas entraron cargando en un barreño de lata el sonido del agua. Ellas mismas eran agua, metieron el aguacero en la habitación, agua, agua, agua de aguas. Los sayos empapados ayudaban a mantenerla en pie, pegados a sus cuerpos, adhiriéndose al de ella, envoltorio y argamasa.

Fue consciente de su desnudez cuando la primera empapó un trapo y lo escurrió sobre su cabeza. El agua bajó por su cara y le recorrió el cuerpo lamiendo los sudores con voluntad de renacimiento. Para hacerlo, para llegarle a la cabeza, necesitaban subirse a un tocón de madera, se tambaleaban y dejaban escapar risillas sin malicia. La Extranjera era una planta larga y blanda cuyo tallo se doblaba una y otra vez, así que las muchachas rompieron ya a reír francamente de sus propios esfuerzos para mantener tieso aquel cuerpo flácido. Entonces cesó el aguacero y la orquesta animal de la jungla convirtió la ceremonia en baile. «¿Dónde he estado tanto tiempo?», se preguntó. Y después: «¿Cuánto tiempo?».

La fiesta del aseo acabó con todas las mujeres en el suelo, arrodillas en torno a la Extranjera, tratando de mantenerla erguida con las piernas cruzadas. «Ya anda huyendo la muerte», dijo una. Tras el primer escurrir de aguas, habían empezado a frotar sus miembros en un juego de respeto moroso. «Sí, la muerte de la noche», dijo otra. «Anda yéndose». Sentía su cráneo como una pecera seca. Si en ese momento hubiera caído una piedra allí dentro, la habría quebrado sin remedio. Cuando pasaron el trapo por la cabeza, notó que le había crecido el cabello. Aprovechó el momento en el que una de las muchachas levantaba su brazo en el aseo de la axila para tocarse el pelo y comprobar que, efectivamente, el tiempo había pasado por allí. Las jóvenes volvieron a reír. Una se acuclilló frente a ella, la miró a los ojos y empezó a rascarse la cabeza como ella, a la manera de los monos, imitando sus gritos agudos y dando saltitos torpes sin ánimo de burla. «Sonría ya, sonría, sonría, Extranjera».

Ella permanecía adentro, absorta en la chanza. Una de las niñas pequeñas se le acercó, colocó un dedo índice en cada comisura de la boca y le dibujó la sonrisa que le estaban pidiendo. Entonces sí, entonces los ojos se le sonrieron y después la cara entera. «Se le fue la muerte un rato», gritó una, jubilosa, y el resto comenzó a saltar a su alrededor.

Acabada la celebración, vieron que la enferma ya se mantenía erguida sin ayuda, ahí en el suelo sobre un charco amarronado por el adiós de los demonios. La ayudaron a ponerse de pie. Se mantuvo erguida y en paz mientras ellas le secaban el cuerpo, la cubrían con un sayo nuevo y la sentaban sobre el camastro. El cuarto olía a tormenta, pollo y risa. Con un cacillo, lentísimamente, alimentaron con el caldo de ave al pequeño animal que revivía dentro de la Extranjera, un cachorro de ser. Todas sabían, incluida ella, que no iba a vomitarlo.

El esfuerzo la tumbó aun antes de tumbarse. Cuando las muchachas partieron cargando cuenco, cacillo, tina, trapos y los deshilachados restos del estrago, hacía ya largo rato que la Extranjera dormía. Se había enfrentado sin miedo al sueño y las arañas que tejen el daño con la herida.

26

«Cuando entraron con el clavicordio, Juana observaba desde la ventana del palacio de Tordesillas el vecino convento de las Clarisas. Salió. Hubiera puesto antes o no el pie en el monasterio, no importaba. Aquel día y no otro mediaba un acto de voluntad. Esa es la diferencia, Extranjera, y la diferencia es abismal.

»Nuestra reina Juana llegó al palacio de Tordesillas acompañada por doscientas gentes de servicio elegidas todas por su padre, el rey católico. De nuevo aislada, cercada por personas desafectas, leales a otro, como ya sucedió con su esposo en Flandes e incluso los pocos días que permaneció con ella como rey de Castilla. Nuestra Juana había decidido ceder el poder, dar vida absoluta a su cuerpo de mujer, pese a que en su interior seguía latiendo el genio de reina. Pero ni así le iban a permitir la paz. Me cuesta mucho, Extranjera, creo que es lo que más me cuesta, comprender por qué necesitaron la tortura, torturarla incluso físicamente. ¿Era puro sadismo? ¿Ignorancia y por lo tanto miedo? Sin duda se trataba de una forma de sometimiento, todo tormento lo es, pero evidentemente innecesario. Su retirada era voluntaria. También su renuncia al poder.

»Pero volvamos a nuestra reina Juana aquel primer día en el que pisó con voluntad de pertenecer sin retorno el sitio de las mujeres. Eso era y no otra cosa el monasterio de las clarisas. El sitio de las mujeres. Con la palabra sitio no me refiero a un lugar, sino a un espacio mental. Recorrió caminando el cortísimo trayecto que mediaba desde el palacio seguida de las mujeres a su servicio y entró sola en el pequeño patio mudéjar de acceso. Se detuvo en el centro formado por los arcos policromados, grabados con un preciosismo verde, grana, ocre y oro. Silencio, luz, cultura narrada minuciosamente en cada centímetro de la piedra, letra a letra, signo a signo. Bajo el brazo, su Libro de Horas que le acompañaría hasta el final y cuyos grabados habría de reproducir una y otra vez durante los largos años de residencia en Tordesillas, aquellos cuya existencia no permanece. Cruzó el diminuto salón dorado. Por fin, Extranjera, por fin su lugar.

Algunas mujeres la vieron entrar en el refectorio donde tantas veces habría de comer en femenina comunidad escuchando lecturas y salmos, el silencio de la voz sin prisa ni gesto. En la estancia rectangular, bancos corridos a uno y otro lado y dieciséis mesas de madera sin labrar, limpia y sobria, ocho a cada lado. Alimento de mujeres juntas mirándose a la cara, compartiendo lo básico. Comer en silencio y en comunidad, justo lo contrario a verte sometida al hambre sola. Más allá, la luz del claustro de arcos también grabados en policromía, riqueza culta venida de otras lejanías en piedra, no del norte plomizo, luz meridional del sol pintada, y el paso a la imponente iglesia refulgente en oro donde los artes de distintas culturas formaban el tesoro gozoso de la creación. Extranjera, luz dorada coronaba las cúpulas con los dragones de los Trastámara, bestias como salidas del trazo de una criatura a medio formar. A la derecha, los arcos góticos de la capilla de los Saldaña iluminaban en blanco y luz el templo. Allí, en aquel espacio de claridad, fue enterrado cuarenta y tres años más tarde de aquel primer día el cuerpo de nuestra reina Juana, su primer entierro. En aquella capilla resplandeciente desde la que se asomaba, al amparo de las mujeres, a un exterior hostil y parco. Desde su sitio.

»Durante todo el tiempo de encierro impuesto que le permitieron visitar el monasterio, nuestra reina Juana le destinó todas las riquezas que se le permitían, todos sus empeños. Fue una inversión. Construyó económicamente allí y, después, desde allí. Se esmeró con otras damas en las traducciones, se entregó a la meditación, el arte y la conversación, aprendió a manejar colores y oros acompañada por la pequeña Catalina, instruyendo a la niña. Lo convirtió en su hogar. ¿Acaso había tenido otro desde su partida adolescente a tierras de Flandes?

»Aquel primer día decidió que viviría en comunidad, silencio, lecturas y paz entre las mujeres alojadas en el sitio de las clarisas, su sitio. Era la reina, sí, pero fue una mujer la que dio el paso de vivir entre iguales, de tener un lugar. El silencio y la paz de los monasterios levanta el reverso al ruido y la violencia macho. Mira a tu alrededor, Extranjera, y piensa por qué estás aquí, qué tienes aquí».

La Extranjera volvió a pensar en hospitales, convalecencias, y se preguntó por qué no en conventos. Entonces quiso acordarse de su paso por un claustro en otra vida, hacía mucho tiempo o quizá poco, deseó recordarlo y también haber deseado permanecer allí.

«Después, Extranjera, después de todo aquello, el castigo que llegó podría haber convertido en polvo la piedra de la construcción más sólida, pero no destruyó a nuestra Juana.

»Cierto es que la reina dejaba de comer, seguía usando su cuerpo para protestar y reclamar libertad, conseguir lo que deseaba. El cuerpo, arma de armas. Llegado el momento, mosén Luis Ferrer, destinado por el rey católico como administrador de toda su fortuna, su vida y carcelero, temió que cambiara de opinion o, sobre todo, que se quitara la vida, y así se lo hizo saber al rey católico. Ambos lo perdían todo con la muerte de nuestra Juana. Ferrer, además, se quedaba sin las riquezas que había ido hurtándole y sin los puestos en los que había colocado a toda su familia. La avaricia no se detiene ante el dolor ajeno. Jamás. Le prohibieron salir de palacio y visitar a las clarisas, le vetaron aquel lugar elegido como casa, el sitio de las mujeres, y con ello el respeto y la paz, todo lo que por fin había alcanzado, su mínima elección le fue arrebatada. Entonces se recluyó en su cámara del palacio de Tordesillas, que para pasmo, desespero y burla de sus carceleros, no era una cámara real, sino una estancia sencilla de chimenea escasa con vistas al Duero y el monasterio de las clarisas. No vestía como una reina, no comía ni descansaba como una reina, pasaba los días con su larga melena ondulada sin recoger y había decidido vivir austeramente, renunciar a todo artificio propio de su condición.

»Las torturas a las que le sometía mosén Luis Ferrer eran conocidas, Extranjera, por todo el pueblo de Tordesillas. En 1515, el mismo año del nacimiento de Teresa de Jesús, el año en el que se fundó La Habana, asuntos que ella no habría de conocer, nuestra reina Juana era desnudada y azotada con una soga gruesa y basta hasta el desmayo, la misma con la que la mantenían atada para alimentarla a la fuerza, como a las bestias, introduciendo el alimento con puño hasta su garganta. A su lado, la pequeña Catalina contemplaba el sufrimiento extremo de su madre, la violencia contra sus carnes, violencia que ella misma conocería más tarde a manos de las mujeres de la casa. Ferrer, con la aprobación del rey católico, su padre, aprovechaba los momentos de mayor debilidad de Juana, tras días de ayuno voluntario. La reina no podía morir. Ni siquiera cuando redujeron a astillas su clavicordio, como pocos años atrás habían hecho con su trompa marina, lloró.

»Sus ayunos, fueran por meditación, por protesta o chantaje, acababan consiguiendo en ocasiones que se le permitiera volver al sitio de las clarisas. Todo con tal de que siguiera viviendo. Pero ¿en qué necia cabeza, en qué ignorante mente cabía la posibilidad de que la reina se quitara la vida? ¿Cómo iba a hacer tal cosa con su hija Catalina al lado? Esa violencia era innecesaria, Extranjera, y no podían ignorarlo. Aquellos tormentos extremos se convirtieron en una costumbre siniestra, el hábito macho por someter a la mujer, por imponerse a su cuerpo. Hasta tal punto llegaron las torturas que la noticia superó las fronteras de Tordesillas y corrieron por toda Castilla. Su reina era azotada hasta la extenuación, ¡la reina Juana I Castilla!, a manos de los esbirros de Fernando el Católico y con su aquiescencia. El católico no era su rey, el carcelero manejaba toda la fortuna de su soberana, su cuerpo y su ánimo encerrados.

27

De nuevo despertó temblando y ahogada. Estaba a medio incorporar, apoyada en un cuerpo que la acunaba como a una niña grande en medio de la noche. «Ya, Extranjera, ya pasó, ya pasó», meciéndola adelante y atrás. La voz de la Española era dulce, rota y suave, una música llegada de su infancia. De nuevo no sintió extrañeza. Ahí mismo, ahí estaba la impostura de carcajadas que sintió al verla por primera vez. «Extranjera, si no piensas, los recuerdos te salen a buscar. Los recuerdos son la Santa Compaña, demonios que encontrarán cualquier rendija para salir a robarte la respiración. Los recuerdos están ahí esperando. Ahora que ya duermes, Extranjera Pasmada, se te van colando, y no tendrás más remedio que mirarlos a la cara para que se esfumen, los demonios, los demonios del mundo. Los demonios no duermen». Acabó de despejar la cabeza y se desasió despacio de su anfitriona para mirarla a los ojos.

«Tiene que hablarte de las monjas, Extranjera». La Española se levantó y comenzó a recoger los sayos y restillos que habían ido quedando por el piso desastrado del cuarto. «Tienes que hablar y pedirle a la Negra que te cuente de las monjas de Juana»; no había resto de sus risotadas. «Pero no vas a hablar, ¿verdad?», levantó la vista, agachada como estaba trajinando limpiezas. «Tendré que hacerlo yo, ¿verdad? Hablar con la Negra yo, ¿no es eso?». Afuera, bajo la ventana, la luz del quinqué zumbaba de insectos y se oía el ir y venir de los perros. La noche oscura no existía sin el rumor del follaje.

«Esto no es un convento», volvió a sentarse en el borde del catre y suspiró. «No era un convento cuando llegaron las primeras monjas, pero en cierta manera sí lo era y lo sigue siendo. Un convento podría ser un cuerpo o también podría ser muchos cuerpos. De mujer. ¿Ves algún hombre aquí? ¿Has visto alguno aparte del bueno de Walter Salazar, que llega y se vuelve por donde ha venido? Aquí hay mujeres, animales, niñas y libros. Eso es lo que hay y lo que ha habido siempre, Extranjera. ¿Eran monjas las primeras que llegaron aquí, la Bisa preñada y sus compañeras? Sí lo eran. Eran mujeres que habían decidido retirarse del mundo y sus violencias. Ya conoces la biblioteca. Ellas la levantaron. ¿Es eso una oración? Lo que sucede allí, ¿es una oración? ¿Es sagrado?».

La Extranjera permanecía sentada en la cama, con las piernas encogidas, la espalda apoyada en la pared y su tapiz de hojillas adheridas al cuerpo y las telas. Desde ahí vio cómo la Española se levantaba, se acercaba al rincón donde descansaban las maletas y las abría. «¿Eres monja tú? ¿Lo son las mujeres y niñas del lugar que han acabado aquí?». La Extranjera vio cómo la otra iba cogiendo libros, uno sobre otro, se situaba en el centro de la habitación y los colocaba en el suelo. No dejó de hacerlo mientras hablaba. «Aquí no reciben, no recibimos violencia. Aquí pueden ser mujeres sin sufrimiento ni castigo. Podemos serlo». Poco a poco, había ido depositando volúmenes hasta acabar formando un círculo, un recinto chato levantado con libros sobre libros. «¿Qué eres tú misma, Extranjera?». Cuando las maletas estuvieron vacías y el círculo cerrado, se irguió y enfrentó su mirada. «Pregúntate por qué las monjas aquellas te enviaron precisamente aquí, a este lugar, por qué lo conocían. Pregúntate por el secreto de las monjas. Te lo dije un día: A las monjas no las juzga la Justicia humana, ni Dios, maldito sea por siempre jamás, las juzga».

La Española se acercó hasta la Extranjera y, tomándola de la mano la invitó a sentarse en el borde. «A mí también me contaron la historia de la reina Juana, nuestra reina, Extranjera, nuestra reina». Una vez sentada, tiró de ella con ambas manos hasta que se levantó, algo tambaleante aún de noche y fiebre. Se oyó en ronquido largo de un mono aullador y el vuelo de las aves. El exterior negro aún era cerrado. «La Bisa monja me la contó aquí mismo sentadas, noche a noche». La condujo hasta que logró colocarla en el centro de los libros, círculo cerrado donde su cuerpo flaco parecía la aguja que no dará las horas. Le indicó con la mano que se sentara y ella obedeció. «Ya has encontrado el silencio, Extranjera». Se dio la vuelta desde el quicio de la entrada. «Ahora, lee».

Afuera, los gallos abrieron el primer clarear de un día nuevo.

28

«Muchas fueron las torturas a las que sometieron a nuestra reina Juana durante su encierro, pero ninguna semejante al día en el que su padre la mostró en público con el alma desnuda y desarmada.

»Dios mío. Cuando mi madre nos narraba este episodio no podía contener las lágrimas y su voz se poblaba silencios, como la de su madre al contárselo a ella. Te he hablado de la soga con la que la azotaban y de cómo introducían el alimento a la fuerza en su garganta. Te he contado cómo la sometían, aún jovencísima, a los mordiscos del hambre y el frío en tierras borgoñonas. Sin embargo, Extranjera, la traición de su padre, Fernando el Católico, la crudelísima humillación y pública exposición de su cuerpo de mujer con el alma en carne viva, el corazón abierto y sin corazas, la invasión de su tierna intimidad por aquella manada de machos me sigue hiriendo hasta la náusea, como a mi madre, como a mi abuela, como a la Bisa monja, me parte el alma y con sus pedazos alimenta a carroñeros y alimañas de la noche. Tamaña fue la afrenta, Extranjera, y tan descomunal el dolor de nuestra reina Juana, que incluso constancia queda de su queja en las crónicas de entonces. ¿Por qué, por qué nadie lo cuenta?

»Sucedió exactamente seis años antes de que el rey católico muriera en 1510. Juana llevaba poco más de año y medio en Tordesillas. Sucedió en lo más crudo del invierno. Las heladas cubrían la ribera del Duero y en los vidrios de la cámara de la reina Juana el hielo dibujaba quebraduras y estrellas. Aquel día el rey católico, que no lo era de Castilla, acudió a visitar a su hija Juana, reina de las tierras castellanas, a sus aposentos del palacio prisión de Tordesillas. Conocía los hábitos de nuestra reina porque él y no otro los había convertido en una locura e incapacidad que sabía falsas y así lo había difundido. Se presentó sin avisar y encontró a nuestra reina tal y como vivía, vestida de austeridad voluntaria, extremadamente delgada, con el cabello suelto, concentrada en sí misma y en su hija al fuego parco de la chimenea. Ningún afeite ni ornamento, tan solo un ropón de piel sobre otro ropón de lana y una manta en las rodillas. La reina Juana sabía pasar frío, lo había aprendido en sus encierros de la corte flamenca.

»Por lo que sucedió después, sabemos que el rey católico no afeó las costumbres y atavíos de su hija ni mostró sorpresa o rechazo. Sencillamente se había presentado a comprobar que su vileza iba a surtir el efecto deseado, aquel ser repugnante de corazón con púas, macho contra mujer, violencia innecesaria, puro sadismo.

Al día siguiente, también sin previo aviso, se presentó de nuevo en el palacio de Tordesillas, pero esta vez acompañado por un numeroso grupo de hombres, nobles castellanos y embajadores. Sin avisar abrió la puerta de la cámara donde Juana guardaba su ser más delicado, su intimidad sin precauciones, y con un gesto de la mano hizo entrar a aquella caterva de machos boquiabiertos, manada infecta, ante la visión de una soberana en tales condiciones. "Ya les advertí del estado en el que se encuentra mi hija la reina".

»El corazón de Juana se encogió y se encogió y se encogió y extrajo de su cuerpo cualquier calor de cuerpo hasta ser solo un pedazo de carbón que después fue gema que le cortó las venas hasta hacerla sangrar por dentro convertida en sal compacta. Una violación, un ataque sexual a su cuerpo y por la fuerza no habría resultado más doloroso, más humillante, más lanza contra el pecho y aún tuvo un último gesto humano para retirar a su hija Catalina y colocarla tras de sí. Con ese movimiento se oyó el crujido de algo que ya no estaba vivo. Nada quedaba de nuestra reina Juana en la silenciosa intimidad de su cámara, aquella relajada en brazos de su serenidad desnuda, con la niña a los pies, cuando aquel batallón de espuelas vestidas de riqueza, hombres venidos de otras tierras, de otro mundo, entró a saco para estrujarle el alma, dejarla clavada contra el suelo de piedra, hierro a hierro. Una vez hubieron todos murmurado horrores en aspaviento, partieron sin cerrar la puerta.

»Juana tenía treinta y un años, cinco hijos lejanos y a sus pies la menor, el cuerpo de un esposo insepulto, una madre muerta y un reino al que había renunciado gobernar. Acto de voluntad tras acto de voluntad, contra toda tortura y humillación, apenas había conseguido acercarse a aquel algo imperdonable que deseaba ser, y en ese momento recibió las dentelladas feroces no de un hombre, sino de una manada hambrienta para destrozar su intimidad de paz.

»Cuando consiguió volver a ser en algo humana, afuera la noche ya era boca de lobo, y habiendo despachado a todo aquel que quiso entrar, la reina Juana alzó a su hija del suelo sobre cuyo tapiz dormía y la metió en el lecho junto a ella. Se abrió el sayón y apretó el cuerpo de su criatura contra su corazón por ver si los diamantes pueden volver a palpitar y ser carbón y despedir siquiera el calor de la ceniza.

29

«Tengo una herida que supura, una herida mayor que mi cuerpo, herida que se abre y traga un mundo. En el centro de mi herida se revuelca un mundo macho, violentísimo, se revuelca en mi pus que es suya. Es el daño. Todas tenemos un daño. Debo encontrar el principio del daño, el momento inicial en el que se penetró el primer poro de mi piel y cómo por ese apenas lugar, inapreciable, entró la infección y cómo fue creciendo, ensanchándose, cómo fue agujero y qué manos tras manos tras manos rebañaron los bordes sangrientos de esa herida para ir abriéndola y ahondándola.

»Soy una herida. Abierta. Soy en carne viva infectada. Soy infección».

Pasó una mano por los lomos de los libros. Se puso de pie y se quitó el sayo. Se tumbó desnuda en el centro de la construcción en páginas y se enroscó caracol.

«Todas tenemos un daño. Hay que localizar el daño para que no sea usado. Ese es un principio. Que no sea usado más. Cuando tienes un daño ya solo admites tratar con personas daños. El hombre usa el daño. El daño de todas, que es su daño. Él lo crea, él lo ensancha, él lo usa. Contra nosotras. Todas tenemos un daño que luego es herida en la que cabe un mundo y ese daño será penetrado por un hombre tras otro tras otro que son un mundo hombre que colocará ese daño en el centro de lo que somos. Ensancharán ese daño hasta que seamos solo herida ante nuestros propios ojos. Pero ellos son el daño. Por eso hay que encontrar el daño, el primero, y a partir de ahí empezar a apartarse.

»Apartarme. Mi daño no tiene fondo. Quizá ningún daño de ninguna de nosotras tiene fondo».

Acercó la nariz a uno de los libros y aspiró. Supo que había tomado una decisión, la decisión de apartarse. Por lo tanto, supo que estar donde estaba y de la manera que estaba formaba parte de una decisión mayor aún. Una decisión total, anterior, remota, ancestral y común. Entonces, como un fogonazo de la inteligencia arrancada, comprendió la dimensión del lugar en el que llevaba un tiempo, ¿cuánto tiempo?, ¿qué es el tiempo?, viviendo. Y comprendió íntima, profundamente a las mujeres que la rodeaban. Formó parte y era ella. No aquella que había sido, sino una mujer consciente de su herida. Pero el daño.

«En el principio fue el daño. No el verbo, el daño. Eliminar el verbo es una forma de aproximarse al principio, a la herida en el primer poro, esa que precede a lo que se nombra».

El recuerdo de una sola palabra, la posterior al daño, el verbo, bastó para que una patada inconsciente, eléctrica, abriera una brecha en el círculo. «Mírate». Entonces rompió a llorar como se desborda un río de deshielo, como nunca en su vida, como el primer y último llanto del mundo. «Mírate, mírate». Llegó la noche y lloraba y el día siguiente lo lloró entero, y la nueva noche, espantando el sueño a golpe de espasmo, queriendo llorar, deseando hacerlo, dejando que el llanto la sacudiera, moqueando, babeando, restregando la mejilla contra el suelo bañado en lágrimas, permitió que el llanto la penetrara. En la mirada, el daño. En el verbo, herida. Después de eso, de ese principio y tan temprano, ya solo daño entró en su cuerpo y el mundo que iba penetrando el daño ensanchó la herida hasta el silencio absoluto. Silencio contra el verbo. Silencio contra un mundo macho construido sobre la violencia hecha de más violencias preñadas de más aún.

«Hay que apartarse. No hay que dar batalla. No se puede pelear en el mismo escenario del que abre la herida. Para combatir la violencia es necesario aceptar la violencia y participar en ella. Hay que apartarse. No compartir espacio. No ser en la violencia. Hay otras antes, siempre ha habido otras. Otras en la violencia y otras en el recogimiento». De nuevo volvió a su mente la súplica antigua, aquel deseo hasta la lágrima de estar enferma, mortalmente enferma, ansiar un hospital para dejar de ser responsable de su propia vida, de su daño, de tamaña herida. «Pero un hospital forma parte de la herida, te convierte en tu herida, eres ya solo herida».

Dos días después de echarse a llorar, despegó la cara del suelo, se levantó, vistió de nuevo su sayo y reconstruyó su pequeña fortaleza escrita. Volvió al centro, abrazó uno de los libros y por fin durmió sin fiebre, sabiendo que en cuanto despertara, empezaría a leer.

30

«Es el cuerpo, Extranjera, tu cuerpo, mi cuerpo, el cuerpo de Juana. A través del cuerpo, chantaje. A través del cuerpo, protesta. A través del cuerpo, elevación y recogimiento. El castigo a Juana fue sobre su cuerpo, la insolencia de decidir sobre él. Ah, pero nuestra reina estaba por encima de torturadores y sátrapas, de sádicos y avarientos con acceso a su cuerpo, y sin más escudo precisamente que ese para ir venciéndoles uno a uno, paso a paso. Desnuda de todo la dejaron y así les venció, como tú vencerás, Extranjera. Porque la que a la violencia opone el cuerpo solo puede vencer. En realidad, con ese gesto ya ha vencido.

»Loca la llamaban, pobres necios incapaces. Loca la siguen llamando por no enfrentar toda esta realidad que les supera. Ahora piensa en lo poco o nada que sabías de ella. ¿Sabes cuánto tardó su hijo Carlos en declararse rey tras la muerte de Fernando el Católico? 50 días, porque 1516 fue años bisiesto. ¿Crees que le pidió permiso a Juana, la verdadera soberana propietaria de Castilla y todas las tierras de ultramar? Ni siquiera le informaron de la muerte de su padre. ¿Te has preguntado cuántos años reinó Juana, tu reina, cuántos territorios ocupó España durante su reinado, cuántos libros se escribieron, cuántas obras se pintaron, cuántas se construyeron? Dime, Extranjera. Mírame a la cara y responde».

Por primera vez desde que se encontraban en el tronco junto al río, Marta la Negra se puso de pie. Fue de golpe. Estaba sentada en su sereno y algo exasperante tono habitual y de repente estaba de pie, tiesa y dura como el palo mayor de una nave varada, como una estaca o el poste que marca la fosa común que quedó tras quién sabe qué matanza, una matanza. Aunque hubiera querido, y no quería, a la Extranjera le habría resultado imposible mirarle a la cara. Siguió hablándole al río.

«El 23 de enero de 1516, el rey Fernando el Católico murió a base de consumir venenos supuestamente afrodisiacos para que su joven esposa, Germana de Foix, le diera un heredero. Fíjate bien, Extranjera: ¿No tenía acaso ya una heredera? ¿No tenía una hija? El 14 de marzo, solo veinte días después, su nieto Carlos, hijo heredero de nuestra reina Juana I de Castilla, se proclamó a sí mismo rey en la catedral de santa Gúdula de Bruselas. ¿No había acaso ya una reina, su propia madre? Juana hija y Juana madre y Juana reina, todas en una misma persona fueron despreciadas en un acto único donde se unieron el funeral por su padre y la coronación de su hijo. Ni siquiera hizo falta entonces hacer referencia a su locura o su encierro. Carlos tenía dieciséis años y, para que pudiera acceder al trono, se decidió que a partir de entonces habría un rey y una reina. Incluso el Papa participó en tal decisión. En ese tiempo y el año que siguió nadie informó a nuestra reina Juana del fallecimiento de su padre. De nuevo, su realidad estaba creada por otros, no existía, inventada, vivía en un mundo y un tiempo paralelos al mundo y el tiempo.

»Nadie lloró la muerte de Fernando en tierras castellanas, cuando el frío de enero de 1516 se lo llevó hinchado de venenos para la virilidad, ni la expulsión a palos de mosén Luis Ferrer. La reina Juana I de Castilla tenía treinta y siete años y heredó los reinos de Aragón, Navarra, Nápoles y Sicilia, de los que no se haría cargo. Fernando el Católico no hubo de ver la llegada de Juan Díaz de Solís al río de la Plata.

»Durante aquel año de 1516 en el que murió su padre e inmediatamente su hijo se proclamó rey, Tomás Moro publicó su *Utopía*, Ariosto publicó su *Orlando* y Erasmo de Rotterdam su propia traducción al latín del Nuevo Testamento. Nuestra reina Juana, la madre, no podía saber de la amistad que existía entre Erasmo y su hijo Carlos, a quien acababa de dedicar su *Institutio Principis Christiani.* Tampoco le contaron de la muerte de su querido Jheronimus Bosch, el Bosco, a quien acompañó en los primeros trazos de su *Juicio Final*, encargado por su esposo Felipe. Estaba ella a punto de dar a luz a su hija María en Bruselas y ya se había embelesado con la ejecución de una tablilla que le pintó para su hermana Isabel. De haberlo hecho, de haber sabido de su muerte, quizá habría recordado un tiempo de pintores, el suspiro en el que las torturas de su esposo le permitían contemplar la creación, conversar con la belleza y con sus hacedores. ¿Acaso no estaba educada precisamente para eso? Sus horas de pintura, sus maestros flamencos, sus poquísimos recuerdos de felicidad de entonces estaban ligados a ellos y a la contemplación de su trabajo. Crear lleva trabajo y el trabajo es tiempo. Crear llena el tiempo, lo preña, un tiempo que acabará alumbrando. Ese y no otro era el pensamiento de las mujeres que iban retirándose entonces en conventos y monasterios. No la devoción cristiana, poco relevante, sino la posibilidad de preñar de pensamiento, creación y trabajo intelectual su tiempo. Sin duda, una forma de concebir. Bien es verdad que a algunas de ellas les bastaba con no tener que volver a tratar a un hombre, sobre todo a las viudas. Piensa en esa idea ignorante de que las viudas se retiraban por pena inconsolable y respeto a la memoria del difunto y esas bobadas. Se retiraban para que no hubiera una segunda vez».

Marta la Negra pareció sonreír. La Extranjera no la había visto sonreír hasta aquel momento en el que casi ni sonrisa era. Sí había cruzado sus ojos un chispazo en alguna ocasión al defender a Juana. Pero no aquel amago en la boca.

«Encerrada en el Palacio de Tordesillas, humillada y sola y maltratada, latía en Juana todavía lo que vio y lo que sintió en el arte, y su retiro bien podría responder a la incoherencia de haber sido exquisitamente educada para ello y después entregada a la violencia que todo lo arrebata, condenada a una obediencia macerada en crueldades. Imagínate qué pensaba aquella Juana ya madura y todavía joven, cultísima, cuando era sometida por el ignorante Ferrer, por la esposa de este, por gentes sin más ansias que la riqueza. Imagínate haber seguido con tu aliento el pincel del Bosco y después sentir sobre la carne las pezuñas de los asnos.

»Tuvo que llegar su hijo Carlos, compañero de conversaciones de Tiziano y Erasmo, joven criado a la luz de la cultísima corte de su tía Margarita de Austria en la ciudad de Malinas, para que se le viniera encima todo lo que no había sido ella, ni era, ni sería ya. Se lo habían robado, Extranjera, todo se lo habían robado. Una vida. La dejaron sin posibilidad de educar, de gozar de su formación, de transmitirla y disfrutar aquello para lo que estaba preparada. Llegó su hijo acompañado de su hermana Leonor y una amargura sin remedio, amargura final, se posó sobre nuestra reina Juana I de Castilla. Quizá, Extranjera, quizá fue precisamente ese posarse irremediablemente lo que le dio la fuerza para todo lo que habría de venir después. Si no te pudre, la amargura se convierte en melancolía y la melancolía macera el tiempo y lo embalsama.

»Piénsalo, Extranjera. ¿Quién era Juana, aquella mujer retirada y enjuta? ¿Qué Juana vieron aquellos dos jóvenes cultos y brillantes? Piensa cuál fue entonces la percepción de sí misma. "Pero ¿sois mis hijos?", consta que preguntó la reina. Llevaba ya cerca de una década entre aquellos muros. Para ellos, la reina Juana I de Castilla, era poco más que un relato macabro procedente de tierras bárbaras. Dejo de verlos desde su primera niñez. Su padre, a quien tampoco podían recordar, había muerto en Castilla, y aquella mujer, su madre, vivía encerrada y vigilada en un palacio castellano a causa decían de su demencia. Sin embargo, encontraron a una mujer bella y todavía joven, sin afeites ni ornamentos, que se dirigió a ellos en francés y latín, y de igual modo su hija Catalina, la hermana menor de ambos, a quien tampoco conocían.

»La desaparición de mosén Luis Ferrer, su último verdugo por el momento, había permitido a nuestra reina volver a la vida con las clarisas, al clavicordio del monasterio, a su Libro de Horas y las mañanas con las mujeres compartiendo lecturas, traducciones, escritos, pinturas y conversación. Su frugalidad dibujaba una raya en el esplendor con el que todo el palacio había recibido al que iba a ser en poco tiempo emperador y ya era rey.

El servicio entero se afanó en que el de Tordesillas pareciera un lugar real. Flotaban el aroma de caza en fuego y espejos refulgentes, de tapiz sin polvo, que la reina Juana había olvidado, y las flores y los cuadros descubiertos y blasones. Ella vestía su ser reina y había abierto su escondido cofre de las joyas. Habrían parecido una reina y su hija, princesa de no haber sido por el halo de levedad que arrastraba su extrema delgadez. Catalina tenía diez años y su hermano el rey Carlos había llegado para anunciar su compromiso con el heredero de Portugal. El escalofrío por la noticia convirtió en mármol el rostro de la reina Juana. Recién sentados a la mesa, pidió disculpas y desapareció.

»Ocho días pasaron el rey Carlos y su hermana Leonor en el Palacio de Tordesillas. Al tercero celebraron el cumpleaños de la reina Juana, quien cada año dejaba pasar la fecha por su recuerdo como un fantasma errante. Ocho días son muchos, Extranjera, muchas horas una detrás de otra como para no percatarse de las condiciones en las que vivían madre e hija. Por las conversaciones con Juana, apreciaron no solo su cordura sino la forma antigua en la que conservaba su excelente formación, detenida en un tiempo que a ellos se les escapaba. Aquella mujer aún hermosa, de una compostura algo extravagante, era su madre. Su madre, Extranjera. Un hombre cultivado como Carlos no podía ignorar el hecho de que aquella mujer lo había parido, que pertenecía a esa carne con la que no medió tacto. A Carlos, rodeado de creadores en la más rica corte imaginable, criado en la pura excelencia por su tía Margarita, a quien los cuatro hermanos que allí quedaron consideraban madre, crecido entre mujeres, artistas y pensadores, sin padre, sin las urgencias del padre por un guerrero temprano, por un infante viril, a Carlos le bastaron dos de aquellos ocho días junto a la reina Juana para descartar cualquier idea de demencia sobre su madre. De las señoras como ella sabía por su maestro Erasmo de Rotterdam, quien había escrito sobre la reclusión de las mujeres nobles en comunidades cultas, su oficio de traductoras y sus creaciones. Incluso se había referido a alguna de las damas que acompañara a aquella Juana adolescente en su primera travesía hacia tierras flamencas, alguna de las cuales volvió a encontrar su madre entre las clarisas de Tordesillas.

»Carlos supo también ver a su madre como quien contempla a una desconocida en cuya decisión de vida poco se puede ya intervenir. Pero no fue así con su hermana menor, Extranjera. Catalina era territorio y el futuro emperador había decidido gobernar la vida de aquella criatura como se gobierna el cuerpo de una mujer, económicamente, una inversión en territorios. Y fue entonces cuando conoció a su madre al fin, y supo a lo que se enfrentaba. Las armas más feroces. El cuerpo.

»Durante aquellos ocho días, Juana no dejó de visitar el monasterio de las clarisas, mientras Catalina permanecía con aquellos extraños que eran sus hermanos. Hermano era una idea lejana cuya existencia formaba parte para ella de las cosas imaginarias, un relato escuchado mirando el río desde la ventana. Debemos suponer, Extranjera, que Carlos aprovechó aquellas ausencias de la reina para rastrear sus riquezas que seis años después habría de hurtar para la dote de su hermana menor.

»Si vivir entre canallas, Extranjera, no te encanalla, te empobrece, te ensimisma. Por más que cada día te repitas quién eres, llega el momento en el que ya no sabes de quién estás hablando. La memoria es caprichosa e indomable eligiendo sus momentos. Por eso, sus hijos no trajeron de tierras flamencas el dolor, el frío y la desolación, tampoco la insufrible frivolidad, sino los destellos de la vida riquísima en comodidades y conocimientos que pudo haber sido. Mirándose en el espejo por primera vez en años, Juana reconoció su rostro, pero no supo quién era. ¿Dónde había quedado enterrada aquella joven que viajó a Borgoña? ¿Bajo cuál de sus muchos pliegues de dolor yacía su cadáver asfixiado?

»El 12 de noviembre de 1517 partieron el rey Carlos y su hermana Leonor del palacio. Tardaron solo dos meses, una madrugada helada recién estrenado el año dieciocho, en volver, pero en esta ocasión no hubo recibimiento, ni espejos refulgentes ni nada más que un secuestro a traición. Extranjera, el rey y futuro emperador Carlos, hijo de la reina Juana I de Castilla, cayó en la cuenta de que las propiedades necesitan más y mejores cuidados que los que estaba recibiendo su hermana, Catalina, junto a su madre en Tordesillas, así que la raptó una noche crujiente de enero escarchado.

»En cuanto Juana, a la mañana siguiente, supo lo sucedido, desató su cabellera cobriza aún abundante y larga hasta la cintura, se tumbó sobre el tapiz del suelo y dejó de ser, dejó de hablar y atender las palabras de otros, de comer y de dormir. Ya no estaba allí el salvaje de Ferrer para introducirle el alimento con el puño en la garganta, ni sus mujeres para atarla, y todavía no había llegado el marqués de Denia, que habría de superar con creces a Ferrer en sus tormentos. Se gobernaba a la reina sin sangrarla, así que cuando temieron que sucediera lo peor, cuando aquel cuerpo soberano rozó el extremo, su hijo Carlos, quien iba a ser el hombre más poderoso de toda la tierra conocida, dejó que devolvieran aquella propiedad suya, su hermana Catalina, al palacio de Tordesillas junto a su madre Juana. Y supo lo que aquella mujer enconada y culta era capaz de hacer, y temió aquellas armas más que a todos los hierros y artillerías que habría de enfrentar».

31

¿Se recuerdan antes los tormentos sufridos? ¿Dónde quedan guardados? Cuando una decide abrir la memoria, ¿son los tormentos lo primero que irrumpe? La Extranjera había soñado con una mujer desprovista de todo, encerrada, torturada, cercada por el ruido en algún punto lejano en el mapa y en el tiempo. Ah, pero el cuerpo. Había aprendido de su reina el cuerpo.

Después de tres días de lectura y fiebre, se levantó por fin del suelo donde había dormido, rozado, besado, repasado y llorado sus libros y el pasado. Había recordado el ruido y a la niña. Ella tenía una hija. Salió al porche y sonrió. Las niñas que la vieron desde los bancales del huerto sonrieron con ella y el aire vibró en la mudanza. Una herida estaba por cerrarse. Durante sus sueños tumbada en el suelo entre páginas, le había llegado la palabra «Mírate». El grito «Mírate, mírate, mírate» la había golpeado como en algún tiempo anterior de arañas que no lograba fijar exactamente. Y se miró. Ante el resto de espejo de su cuarto de nuevo vio a una mujer flaca con la cara consumida y la tez quemada de sol y sal, pero en esa ocasión reconoció en aquella imagen a la que era. Sonriendo, echó a andar.

Recorrió el camino que seguía la orilla del río. A su izquierda, la jungla era nueva, los chillidos de los monos y los piares de las aves eran nuevos. El mundo al que había llegado, aquel sitio de las mujeres se revelaba con un fragor de vida sin violencia. La naturaleza discurría por sus cauces templados y ella permitía por fin a la hume dad penetrar su cuerpo.

Cuando enfrentó el océano, allí estaba María la Blanca con la vista fija en el horizonte, desnuda ante el esplendor del Pacífico y espléndida ella misma. La Extranjera sabía de su presencia desde antes de dejar atrás lianas y monos. Los asuntos del palpitar del cuerpo tan solo necesitan ser pensados, voluntad de saberlos. Antes de sentarse junto a ella, la Extranjera se deshizo del sayo, de todo lo que le cubría, y entonces sí, entonces hizo suyo el deseo. La Blanca volvió la cabeza y la miró a los ojos, no al cuello ni a los pechos ni al vientre, al fondo del fondo de su ser en el borde de todo. Sin atención a los gestos repetidos, empezó a retirarle hojillas y cortezas. Ella levantó la mano y acercó el dedo índice a aquella piel oscura y luminosa coronada en blanco. Sintió que era un ademán soñado durante alguna noche de delirio y sudores. Acercó su boca a la mejilla de la Blanca y no pasó la lengua, como había pensado. La besó levemente.

La Blanca se levantó y le ofreció la mano. Ya estaban sumergidas cuando se abrazaron.

32

«De la misma manera que Carlos había comprobado cómo era su madre, Juana conoció a su hijo y lamentó no haber sido ella quien lo hubiera criado. Pensó en todos sus hijos, en sus nacimientos, en cada uno de sus partos y lactancias, en cómo la vida, esa vida suya empeñada en andar de la mano de la muerte y ser en algo digna, obstinada en ser suya, le había robado aquello que ahora eran cinco desconocidos. Sus hijos eran. Supo por Leonor del lamentable estado de su hija María, sumida en una depresión límite, supo que no sabía bien de quién estaba hablando y tuvo la certeza, de nuevo, de que no saldría del palacio de Tordesillas jamás, que esa sería su última residencia. Se habían llevado a Catalina, liberado de aquellas condiciones miserables, pero no habían hecho nada por rescatarla a ella. ¿Rescatarla de qué? ¿De sí misma? Lo que no supo entonces ni podía imaginar era que su propio hijo instalaría a cargo de todos sus haberes, del gobierno de su casa y de ella misma a un cancerbero más cruel y sádico que el anterior, y con una voracidad más feroz. Bernardo Sandoval y Rojas, marqués de Denia, y su esposa, Francisca Enríquez, doblaron en inquina y humillación la violencia de Ferrer. En un año había colocado a toda su familia en palacio y despedido a la mayoría del servicio puesto allí por el rey católico. Hicieron suyos el palacio y la fortuna de nuestra reina Juana. Le prohibieron no ya visitar el monasterio de las clarisas, sino cualquier trato con el exterior y la cercaron con un corro de mujeres recias dispuestas a los golpes y crueldades con su cuerpo. Serían solo ellas, y el propio marqués quienes a partir de su entrada en la casa trataran con la soberana.

»Del odio de Juana a las mujeres que el marqués de Denia puso a vigilarla, mujeres que además eran todo su servicio, también queda constancia, Extranjera, también queda constancia».

Marta la Negra bajó la cabeza, después la alzó de golpe y respiró hondo como si quisiera tragarse una ignorancia de siglos.

«Aquellas mujeres tenían el poder de alimentarla o no, de retirar o no las heces de su cámara, tenían orden de devolverla a golpes a sus estancias si se atrevía a salir al corredor. En más de una ocasión, la reina Juana las recibió de un golpe de palo de escoba en la cabeza. Ay, de todo queda rastro escrito, Extranjera. La guerra entre nuestra Juana y las mujeres a su servicio duró toda su vida. Ellas fueron el instrumento más fiero para la violencia de los hombres, el constante, el cotidiano...

»Al igual que en su día no le informaron de la muerte de su padre, el rey católico, tampoco lo hicieron de la del emperador Maximiliano de Austria ni de que su hijo había empezado el año 1519 siendo emperador del Sacro Imperio Romano Germánico. Ella acababa de cumplir los cuarenta años, Catalina tenía doce y como destino, ser reina de Portugal. Nada se opondría ya a los designios de Carlos, salvo el empeño de una mujer por usar su propio cuerpo. Un año después, y para ultraje de los castellanos, el ya emperador acudió a Tordesillas a despedirse de su madre antes de abandonar Castilla. Dejaba en el territorio español a sus propios hombres, todos extranjeros, que ni siquiera conocían el idioma, y una sensación de ofensa y orfandad entre la población.

»Entonces llegó el parece que conocido episodio de los comuneros levantados en armas contra el emperador, y la reina Juana galopó. Galopó y volvió a recluirse. ¿Cómo iba a hacer otra cosa? Hartos de que Carlos tras Fernando y Fernando tras Felipe ocuparan el trono de Castilla, un trono que no pertenecía a ninguno de ellos sino a la reina Juana I, los castellanos se sublevaron y pidieron a Juana que fuera su reina. O sea, pidieron a su reina que fuera reina. Fíjate, Extranjera, fíjate que desde que nuestra Juana fue nombrada reina, solo hombres habían ocupado el trono, le habían robado poder, gobierno y riquezas.

Habrás oído decir, Extranjera, que los comuneros aquellos la liberaron de su cárcel, o quizá ni siquiera eso hayas oído. El primer día del otoño de 1520, los batallones de comuneros entraron en Tordesillas y echaron a palos, sí, al marqués de Denia y a toda su familia, no en vano eran ellos los que manejaban todos los tributos del reino, todas sus riquezas. Entonces instaron a la reina Juana I de Castilla a salir. De nuevo: ¿a salir de dónde? Una vez fuera los Denia, Juana salió. Salió se acercó a una de las monturas que acompañaban a los sublevados, montó y todos pudieron ver con estupor cómo aquella soberana con la que ya estaban en tratos partía al galope y desaparecía siguiendo la línea del río Duero. Había cumplido ya los 41, era más joven que tú, Extranjera, llevaba maltratada y torturada toda su vida adulta, tratada de loca, suplantada en su trono, y por fin aparecía un grupo de notables que la reconocía como reina, que le pedía ocupar el trono, su trono.

»Once años ya encerrada, Extranjera, once años son muchos años, te lo repito, muchos meses, muchas semanas, cuenta los días, ¡cuenta las horas! Once años y de repente llega un grupo de hombres embravecidos a pedirle que se sume a su rebelión y ejerza de soberana, que se enfrente a su hijo Carlos; sin ejército organizado llegan, divididos y al final amenazándola. ¿Qué se habían creído, Extranjera? ¿Qué se creían? Piénsalo. Todos, todos ellos sabían de las torturas primero de mosén Luis Ferrer y después del marqués de Denia. ¡Todos! Pero solo acudieron a salvar a su reina, nuestra Juana, cuando la necesitaron para sus propios intereses. Juana la sagaz, afilada en maltratos, aupada en horas y horas de reflexión, la reina de Castilla, ¿sabes qué les dijo, Extranjera? "No tan aína". Eso les dijo, todavía no, como le había dicho a su padre cuando le exigió dar sepultura al esposo. "No tan aína". Como le había respondido al matrimonio con Enrique VII de Inglaterra. "No tan aína". ¿Cómo no iba a darse cuenta de que aquellos hombres solo obedecían a sus propios intereses? Ella galopó todo el día y ya al caer la tarde regresó sofocada, perseguida por su melena ardiente.

»La princesa Catalina, que con sus trece años cumplidos solo había conocido el encierro y la tortura, que había visto a su madre azotada y entregada en cuerpo y vida, literalmente, a la exigencia de lo que creía suyo, tenía por fin a quién narrar la existencia que llevaban, los tormentos, el expolio, la oscuridad en la que pasaban sus días. Así lo hizo, y a cambio recibió lisonjas y cortejos que no podía conocer, cuya existencia ni siquiera había imaginado. Pagó después caro por ello, Extranjera, pagó como su madre había pagado y pagaría. Recibió su severísimo castigo, largo castigo de horas, días, semanas, meses, cuando, vencidos ya los sublevados, volvieron a palacio los Denia.

»Si de algo sirvió el paso de los comuneros por Tordesillas, fue para volver a constatar la serena cordura de la reina Juana I de Castilla, si es que a alguien le quedaba entonces duda. Acudieron a ella conscientes de que su demencia era patraña. ¿A qué si no tal esfuerzo? Negociaron con ella, dejaron constancia de su brillo en el diálogo y la negociación. Juana aprovechó aquello y repasó sus días para ellos, por que quedara constancia. Y constancia queda, Extranjera, ahí están los escritos con su discurso que no habéis querido ver. ¿Lo conoces tú? ¿Conoce aquel discurso alguno de los que hoy, siglos después, sigue llamándola La Loca? Acusaba a quienes la habían tenido encerrada, admitía temer por la vida de sus hijos y actuar en consecuencia, les pedía tiempo para sosegar su corazón antes de decidir cuál debía ser su papel en ese asunto. *No tan aína.* Finalmente, les recomendaba que nombraran a cuatro de los suyos para que el diálogo resultara más fácil. Aquellos que hablaron con ella también contaron de su cordura y tino.

»No es que no estuviera loca cuando su esposo y su padre difundieron tal mentira, ¡es que tras más de una década de encierro y torturas seguía sin estarlo! Respóndeme tú ahora, Extranjera: ¿crees que tu ánimo, tu mente y tu cuerpo sobrevivirían enteros a once años de tormentos sola con tu hija, encerrada con un puñado de ignorantes tratándote a golpes? ¿Crees que, si sobreviviera a eso, aguantaría las torturas físicas sin quebrarse definitivamente? Grábatelo y no dejes de contar que nuestra reina Juana I de Castilla fue la mujer más fuerte y más entera conocida y que por decidir sobre su cuerpo y su vida recibió el más grave castigo, y que aun así conservó la cordura durante los cuarenta y seis años que duró su clausura, incluidos los treinta años, ¡treinta!, que pasó ya sin su hija, que conservó su empeño y su cabeza. Y grábate también que fue posible porque no estaba sola. Porque aquella era su decisión y no en vano el mayor de sus castigos consistía en prohibirle el monasterio de las clarisas. Grábatelo, y después lo cuentas.

»Tras aquel episodio y espantado por las narraciones sobre torturas y atropellos contra los cuerpos de Juana y su hija, el cardenal Cisneros, a cargo entonces del gobierno del reino, les permitió volver a visitar el monasterio. Aquel día Juana se dio un baño caliente, se recogió el pelo ornamentado y se vistió de reina. Por fin, aunque tan amargamente, habían reconocido su autoridad, su cuerpo de reina. Quiso gozarlo y compartirlo con la comunidad. Quiso hacer ese gesto como un brindis sin mayor trascendencia que el trago.

»Pero entonces sí, entonces los de Denia vieron en Catalina a la reina, y la hija probó el mordisco de la soga en su carne. Tras un par de meses de tormento físico, al calor tórrido de una tarde de agosto castellana, la princesa Catalina, cumplidos los catorce y comprometida con el trono portugués, hizo llegar una carta a su hermano Carlos, emperador del Sacro Imperio Romano Germánico, para que interviniera en la gobernanza de la casa y que pusiera fin a las torturas y el encierro a los que el marqués de Denia las sometía. Al año siguiente, cuando los olmos del Duero ya amarilleaban su septiembre, la reina Juana lo vio llegar con sus hombres al palacio de Tordesillas. La joven Catalina sabía que el que acudía a su llamada era también el propietario de su vida».

33

Lola la Española soltó una carcajada de las suyas. «Parece que vas a comer todo lo que no has comido en este tiempo, Pasmada». La Extranjera apuraba un cuenco de arroz sentada en el suelo del patio. A sus pies, una fuente con pollo, piña y yuca. El cuerpo había despegado finalmente sus vísceras y con ellas la memoria. Acababa de levantarse la bruma de la jungla. Masticaba tarareando sin voz. «Creo que tienes algunos asuntos pendientes, Pasmada, así que más vale que vayas cogiendo fuerzas». La Extranjera no atendió a aquellas palabras. Todavía era cuerpo solo y así quería seguir. El dolor entrevisto, el ruido, merecían su tiempo. «Más adelante, más adelante», pensó sin hacerlo consciente. La tentación de permanecer en aquel silencio nuevo, recuperándose por siempre allí, el resto de sus días, no volver, dejar de ser de nuevo, tiraban de ella hacia el olvido. El olvido teje telas de araña que detienen el tiempo.

Ya descansaba sin sueños cuando la despertó el alboroto de la llegada de Walter Salazar. El cielo empezaba a oscurecer y pronto se dejaría en la cotidiana tormenta. Lentamente recuperó la sensación de saciedad. Alrededor del primer círculo de libros se amontonaban más pilas, volúmenes abiertos bocabajo como animales esperando la atención debida. Desde hacía algunos días dormía desnuda. Antes de acostarse, se recorría el cuerpo renovando los placeres, descubriendo el dolor que aún permanecía en algunos lugares de añicos, evitándolo sin prisa.

Salió y allí estaban la ranchera, las niñas, los perros y la Española en jarras. Una ansiedad pospuesta la mantuvo inmóvil, empezó a endurecerse y sintió miedo. ¿Miedo a qué? ¿Miedo al tiempo que se impone y marca los pasos inaplazables, que destroza la molicie e impide quedarse pegada a la tela? En medio del tumulto, Walter Salazar levantó la vista y la miró fijamente. Ella le sostuvo la mirada y así permanecieron hasta que la Española dio varias palmadas. «A comer, coño, vamos a comer algo que las cosas no esperan». Entonces empezó a llover y el porche se llenó de niñas. Se acuclillaron alrededor de la Extranjera y así estaban cuando se le acercó Walter Salazar. Llegaba sonriendo una sonrisa cómplice que ella reconoció. Era la de aquel tiempo, no sabía si mucho o poco, en el que subió en su automóvil para llegar justo hasta el lugar en el que en ese momento seguía plantada.

El hombre no se despegó de sus ojos mientras se metía la mano en el bolsillo del pantalón. Sacó de allí un sobre y se lo tendió asintiendo con la cabeza. La Extranjera dio un paso atrás y se sentó en la mecedora, como aquella vez, con las piernas separadas, los codos sobre las rodillas, las manos entrelazadas y el cuerpo inclinado hacia delante. Fijó la mirada en algún punto lejano donde no había nada ni nadie y dejó entrar por fin el ruido en tromba. Dolor, dolor, dolor sobre dolor. Todas en la casa respetaron su gesto, su noche inmóvil, sus lágrimas, su mañana siguiente.

Cuando se levantó para ir hacia su cuarto llevaba el sobre entre las manos, había pasado un día entero, el cielo empezaba de nuevo a oscurecer su panza de agua y a ella allí ya solo le quedaba escuchar el final de su reina.

34

«Ahora escúchame bien, Extranjera, porque llegamos al fin de este relato. No eres la primera en oírlo ni serás la última, pero la que escucha debe a su vez contar.

»El amor entre la reina Juana y la princesa Catalina era tan hondo, tan sin nada más que la una junto a la otra durante quince años, tan de hacer cuerpo con cuerpo un escudo contra barbarie y violencia, que tardaron horas en separarlas, literalmente, en separar sus cuerpos abrazados ante la partida de la hija. Cuando lo consiguieron, tuvieron que cargar en brazos a la joven, desmayada de desgarro. Juana había llegado allí con su hija de dos años en brazos, y durante todo ese tiempo, quince años, las dos mujeres no se habían separado jamás, ni en los momentos de hambre ni en los de soga ni en las serenas tardes en el monasterio. Hasta tal punto llegó el celo de la reina para que no se llevaran a su hija Catalina que llegó a acomodarla en la pequeña estancia a la que solo se podía acceder cruzando la cámara donde estaba encerrada ella misma. Para que no estuviera a oscuras, le abrieron allí una ventana al río Duero desde la que veía acercarse a los niños del pueblo a gritarle sus juegos.

»Juana había optado por su cuerpo de mujer, y ahora le tocaba a Catalina ocupar el suyo de reina. Nuestra reina había recordado una y otra vez en esos últimos días juntas aquella despedida de su madre, la reina Isabel la Católica, en el puerto de Laredo, la noche que pasaron juntas en el vientre de la nave que la llevó a Borgoña. Había hablado con su hija largamente todo lo que su madre calló para ella. Rescató a la que fue, la adolescente aterrada camino de un tormento que efectivamente recibió. Rescató a aquella joven, la miró y no se preguntó qué quedaba de ella.

»Antes de su partida, el emperador Carlos I volvió a Tordesillas y estableció allí la corte de su imperio durante cinco meses. Al fin intervenía, y la marcha de Catalina dejaba tras de sí la exigencia de respeto a su madre. Partieron y la reina Juana I de Castilla, nuestra Juana, Extranjera, quedó definitivamente sola en el palacio real de Tordesillas. Nunca olvidó la fecha: 2 de enero del año 1525. Tampoco olvidó el hielo bajo sus pies a la puerta de su casa aquella tarde, ni cómo permaneció escarchada hasta que al alba se recogió a llorar durante seis semanas. Allí la fueron a buscar las mujeres de Santa Clara, la llevaron con ellas y se turnaron para acompañarla en seis semanas más de llanto desolado. Después, llegó la vida. Extranjera, la vida.

»Desde entonces y hasta sus últimos días, nuestra reina Juana visitó a diario el sitio de las mujeres del monasterio de Tordesillas. Durante aquellos treinta años, una vida, otra, participó en la construcción de edificios sacros y estudios de caminos, compartió el trabajo de traducciones al latín y del latín, al francés y del francés, al castellano, aprendió el alemán y lo leyó. Aprendió también, con la morosidad que da tener ya todo el tiempo por delante, las delicadas técnicas de los pintores flamencos y reprodujo una a una las doscientas cincuenta páginas de su precioso Libro de Horas, aquel que traído desde Flandes le había acompañado aquellos días en Arcos que fueron muchos meses y culminaron con su decisión de recluirse en Tordesillas. Lo encontraron a su muerte, entre el centenar de libros de su biblioteca personal, junto a los muchos «libros de dibujar» con los que creció su arte.

En aquellos largos años en soledad tras la partida de su hija, leyó, leyó, leyó y compartió lecturas. Las mujeres cultas y poderosas del monasterio de las clarisas conocían los textos de Platón y Dante, a Maquiavelo, Erasmo y Copérnico, a Tomás Moro. Conversaban acerca de la doctrina de Lutero y sobre la fe. Treinta años, Extranjera, son muchos años. Ya sabes, muchos meses, semanas y días, pero cuenta las horas. Nuestra Juana pasó trece años encerrada con su hija Catalina y otros treinta sola, en la comunidad de mujeres de las clarisas, damas de la nobleza, estudiosas, místicas, viudas y niñas abandonadas a las puertas. Treinta, Extranjera, ¡treinta! Fue, sin comparación, el tiempo más feliz y fructífero de su vida. En aquella comunidad de mujeres cultas, libres de toda violencia macho y toda imposición sobre el gobierno de sí mismas, disfrutó por fin de lo que llevaba toda la vida luchando por ser, una mujer soberana de su cuerpo. Cuerpo de mujer. Recogimiento, austeridad, pensamiento, creación, estudio. Silencio, silencio...

»Por favor, Extranjera, destiérrala de ti si quedara una mota de esa idiotez sobre la demencia de la reina Juana I de Castilla, nuestra Juana. Barre de tu interior cualquier resto de ese limo, putrefacto sedimento, y respóndeme a esto: ¿Crees que si Juana hubiera querido salir de su retiro en Tordesillas, su hija no la habría llevado consigo? Catalina escribió aquella carta a su hermano emperador a la vuelta de los Denia, y era un aviso. No era súplica sino advertencia, Extranjera. Catalina había tenido la mejor maestra, su propia madre. En larguísimas horas, durante todos los años de su vida, le había enseñado música, lenguas, danza, salmos, pintura, le había hablado de tempestades y tierras lejanas, de cortes deslumbrantes, de pintores y arquitectos, de pensadores y fastuosas fiestas. Y le había enseñado también lo que es la feroz violencia del hombre, en sus propias carnes se lo había enseñado, además, y cómo oponerse a ella: acudiendo al sitio de las mujeres, o usando su mejor arma, aquella que queda cuando nada te dejan, el cuerpo.

»¿Crees que en la devolución de Catalina tras su rapto fue decisivo únicamente el cuerpo de la reina Juana? A esas alturas, solo la compasión podía evitar que se dejara morir. Su vida ya no era necesaria, económicamente necesaria. Ya existía un rey, ya era de otros lo suyo para siempre. En cambio, su hija Catalina había aprendido bien, y durante tantísimo tiempo, el poder que le proporcionaba el precio que ponían a su cuerpo. Por eso, cuando la raptaron, jovencísima aún, dejó de comer. Dejó de comer y no volvió a hacerlo hasta que, desesperado, el emperador Carlos I, su hermano y propietario de aquel cuerpo que era territorio y poder, moneda de cambio, la mandó de vuelta con su madre. Entonces, sí, al llegar al palacio, Catalina comió. ¿Entiendes bien lo que te estoy diciendo, Extranjera?».

Las manos blancas de aquella mujer nocturna se alzaron del regazo como si fueran animales más allá de ella y trazaron círculos en el aire tañendo un silencio victorioso.

35

«El enviado de las mujeres aún no había regresado de su visita a la imprenta de Valladolid cuando una de las sirvientas se acercó hasta el monasterio para avisar a la reina Juana de que la emperatriz y sus nietos ya pisaban tierras españolas camino de Tordesillas. Ella había recibido noticia de que su hijo Carlos el emperador había decidido celebrar aquella Navidad con ella. Pensó que a su regreso a palacio ordenaría algo al servicio, no sabía qué. La sola idea de dejar el monasterio y retomar la violencia de la casa abría en ella a diario el hueco de las arañas. Hacía ya una vida, otra más, nadie la azotaba ni manejaba sus idas y venidas, pero la ignorancia es violenta en sí misma. Arañas, Extranjera, arañas. No obstante, cada día, al caer la noche, volvía a sus aposentos reales. Así lo había decidido en el mismo momento en el que regresó del galope a lomos del caballo de uno de los comuneros aquellos que la reconocieron reina, y así lo hizo hasta que, ya en sus últimos días, el castigo final la dejó para siempre inmóvil conversando con la muerte de su vida.

»Sus aportaciones a la imprenta de Valladolid les permitían a ella y a las mujeres la reproducción de textos propios, traducciones y otros escritos, no todos del agrado de católicos ni gobernantes. Cabría preguntarse si su propósito era simplemente que permanecieran o los difundían. Como todos sus actos, no queda noticia. No era cosa de mujeres la autoría. La imprenta suponía un arma nueva y fuente de regocijo. Si alguien supo entonces verlo y aprovecharlo fueron las mujeres, las damas poderosas cuyo poder no usaba los métodos convencionales.

»Pero aquel día Juana trabajaba amorosamente en los retratos de san Francisco y santa Clara para el monasterio, unas telas que ahí siguen, Extranjera, para contemplación de ignorantes. Del sitio de las mujeres procede el misterio de las obras anónimas, de las que sin autoría permanecieron y han llegado hasta nosotras, eso que se atribuye a alguien, algún hombre, se atribuye, dicen, así sin más explicaciones. A sus cincuenta y siete años, Juana había dejado de ser soberana para convertirse en una joven anciana excéntrica de inmensa fortuna, cultivada, una de aquellas mujeres de su tiempo que, desde su retiro voluntario, intervenían en los asuntos del poder, algo que despertaba el interés sobre todo de la esposa de su hijo, la emperatriz Isabel de Portugal.

»En aquella Navidad de 1536, nuestra Juana llevaba ya doce años sola en Tordesillas, sin violencia ni encierro impuesto, es decir, en la comunidad de las mujeres del monasterio de las clarisas. Doce años son muchos, Extranjera, casi los mismos que había pasado encerrada con su hija Catalina. La emperatriz Isabel, tras diez años de matrimonio, llegó con cuatro hijos al palacio e inmediatamente fue al encuentro de la reina con una criatura de seis meses en los brazos. Se llamaba Juana. Pronunció aquel nombre ante la soberana como quien entrega un regalo y nuestra reina recordó que su afecto hacia aquella mujer no reconocía solo su papel como la verdadera gobernanta de España, esa aguda ambición suya, su poder, ocupaba el lugar al que ella había renunciado. Su afecto procedía además del fruto que su esposo el emperador había dejado en Tordesillas, una criatura a la que también llamaron Juana, nacida de su fugaz paso por el cuerpo de una de sus damas de compañía. Al mirar a la recién llegada, sintió un reconocimiento molesto, un chirrido que no quería compartir, indeseable. Los esposos, sus deslealtades, la violencia en lo sexual, la traición en el lecho, todo aquello de lo que había decidido salvarse a cualquier precio. Le resultaba insoportable verlo frente a ella de nuevo. Cuando tres años después la emperatriz Isabel de Portugal murió, la pena de la reina Juana fue sincera.

»Después de aquel diciembre, la familia visitó en algunas ocasiones a la reina. Pero esas son cosas que no se cuentan cuando necesitas una loca, ¿verdad, Extranjera? Se calla que no se visita a una perturbada, Extranjera, mucho más si carga con treinta años de demencia enclaustrada. Nadie lleva a sus niños a pasar las fiestas navideñas con una desquiciada. Comprendes, ¿verdad? Comprendes lo mismo que comprendió el primogénito del emperador, aquel que después reinaría como Felipe II y acabaría interviniendo en los días de su abuela Juana justo antes de su muerte. Interviniendo con fervor hasta la última violencia, trocando la demencia en posesión diabólica, la tortura del macho en exorcismo sádico.

»Todo esto está escrito, Extranjera. De todo lo que te he ido contando noche a noche queda huella, hay registros. Tantos como silencios.

»Las crónicas que no has leído, pero existen, sobre la reina Juana I de Castilla suelen terminar en el encierro en

Tordesillas, pero desde ese momento hasta su muerte pasaron cuarenta años. Se suele decir: Juana la Loca fue encerrada en Tordesillas hasta su muerte. Juana la reclusa, la cautiva, la confinada en Tordesillas. La historia se refiere a una mujer trastornada, enajenada, supuestamente encerrada en un palacio prisión del que ya nunca volvió a salir. O sea, de una mujer que vivió desde los treinta años hasta su muerte a los setenta y seis en una celda, sin más datos. No voy a repetirte, Extranjera, lo que significan diez, treinta, cuarenta y seis años. Pero sí una pregunta: Quienes deciden olvidarla encerrada en Tordesillas, a partir de ese momento, ¿cuánta vida le roban? Otra más: ¿Qué nos roban a nosotras, a ti y a mí, Extranjera? Ninguna omisión, ningún silenciamiento es inocente, Extranjera. Grábatelo.

»Estoy terminando ya. Necesito situar las preguntas ahora, después de los años de nuestra reina que hemos pasado aquí en el río.

»Hay algunos, muy pocos, que sí se han acercado a conocer a La Loca. Tú no lo habías hecho. Suelen cerrar su vida en la revuelta de los comuneros aquellos que se levantaron en Castilla. Algunos, menos aún, la retoman cuando en sus muy últimos días, al final de los finales, el jesuita Francisco de Borja se acercó a visitarla. Los registros llevan la muesca de ese hombre, de los hombres comuneros, y por ellos permanecen, merecen figurar, ser tenidos en cuenta. De la vida de Juana solo queda el rastro de los hombres, qué barbaridad. Omiten que la anciana con la que se encontró Francisco de Borja en Tordesillas continuaba empecinada en seguir siendo Juana, hasta tal punto que logró embaucar a aquel intelectual para conseguir sus propósitos. El cuerpo esconde cuerpos y más cuerpos.

»Cuentan las crónicas cómo poco antes de su muerte, su nieto Felipe envió al jesuita Francisco de Borja, hombre grande en poder y ambición, a hacerse cargo de ella. Por él lo cuenta, no por ella. Pregúntate, Extranjera: ¿Hacerse cargo de una anciana, a sus setenta y cuatro años? Pregúntate: ¿Hacerse cargo después de más de cuarenta de clausura en soledad? ¿Qué pretendían en realidad? El de Borja, que poco después gobernaría la orden entera, era un hombre de la familia, leal al emperador. Cuando era todavía niño, lo nombraron paje de la princesa Catalina en su camino al matrimonio. Años después acompañó al joven que sería Felipe II en los funerales de la emperatriz Isabel, su madre. Había compartido con ella más horas que su propio esposo. Cuando el emperador Carlos I decidió retirarse y ceder sus poderes, fue Francisco de Borja el primero en saberlo. Ese, Extranjera, ese y no otro fue el hombre elegido para visitar a la reina Juana tres años antes de su muerte, con el encargo de informar a su nieto Felipe del estado de la vieja reina.

»Estamos terminando esta historia, Extranjera, estamos acompañando a nuestra Juana en sus últimos días. Pero no es una demente a la que acompañamos, ni siquiera contemplamos a una anciana impedida, vencida o rendida al destino. Tantos años después, nuestra Juana, su Loca, tantos años después de aquellos días en los que el padre y el esposo pactaron su demencia, tras tantas vidas, recibió la visita de un prohombre de la Iglesia con el encargo de avisar sobre ella a su nieto Felipe, heredero de la Corona.

»Consta que la reina Juana y el jesuita conversaron durante días sobre sus creencias y los preocupantes comportamientos de los que habían sido informados. Se negaba a asistir a los oficios religiosos, rechazaba la confesión y la comunión, parece que sobre eso discutieron. Así consta, así se cuenta. Solo lograron que volviera a las prácticas católicas a cambio de que apresaran a todas sus criadas y se comprometieran a llevarlas ante la Santa Inquisición. Esa fue la condición que puso y así consiguió que se hiciera.

»Pero volvamos a nuestras cuentas, Extranjera, las cuentas siempre son necesarias al final. Entre aquellas celebraciones navideñas en familia y sus diálogos con Francisco de Borja, intelectual formado, habían pasado unos dieciséis años, y cerca de treinta desde la marcha de Catalina. Llevaba encerrada unos cuarenta y cuatro. ¿Qué se supone que mantuvo lúcida a nuestra reina Juana durante todo ese tiempo, aparentemente sola en un palacio? Fíjate bien: en ningún lugar se mencionan las horas, días, años que pasó entre las mujeres del monasterio de las clarisas, el único sitio al que podía dirigirse durante aquel larguísimo tiempo en Tordesillas. El sitio de las mujeres. Y sin embargo no parece existir. De eso se trata, Extranjera, eso trato de explicarte. Los años que no se narran de nuestra reina Juana superan a los que sí constan. Quienes la llaman La Loca podrían, si quisieran, conocer su vida entre su viaje hacia el matrimonio y la revuelta de los comuneros de Castilla. Al menos eso. Son episodios de los que tenemos documentos escritos... Si quisieran, pero no quieren. Pero aún son más los años que no se narran, el tiempo que no podíamos conocer aunque quisiéramos, los treinta años que pasó recluida en soledad, ya sin su hija. De esos no queda registro, ni rastro, como si no hubieran existido. ¿En soledad? ¿Qué mujer encerrada y aislada resistiría veinte, treinta, cuarenta años después la discusión con uno de los principales jesuitas de la Orden?

»Extranjera, el mayor castigo que le impusieron a la reina Juana durante sus primeros años de suplicio en Tordesillas no fueron los azotes ni tormentos, el mayor castigo consistía en prohibirle salir. Y ese encierro total no respondía a la posibilidad de que escapara, Extranjera, no era eso. ¿Escapar a dónde? ¿Con quién? ¿Para qué? Si hubiera querido escapar, es evidente que nuestra reina Juana lo habría hecho, posibilidades no le faltaron en sus intermitentes visitas a las clarisas, cuando se las permitían, o con la llegada de los comuneros en ese falaz amago de salvarla. El castigo del encierro escondía la prohibición de visitar el monasterio de las clarisas, el sitio de las mujeres, y solo eso.

»Después de años y años, décadas, compartiendo con ellas la soberanía sobre sus conocimientos, su tiempo y sus cuerpos, tras haber salido triunfante de toda violencia, cuando era ya solo cuerpo de mujer por propia decisión, los hombres a su alrededor admitieron al fin que Juana no estaba loca. Así lo informó Francisco de Borja. Pero tan insoportable resultaba su proceder, que requería un juicio, el que su nieto, el hombre que acabaría siendo el rey Felipe II, ordenó consumar al de Borja, el jesuita que acabaría al frente de la omnipotente Compañía de Jesús. Tras las largas conversaciones con la septuagenaria reina Juana I de Castilla en el palacio de Tordesillas, se decidió que su mal no era locura sino posesión diabólica, que estaba endemoniada. Tras haberles cedido su trono, su poder e incluso su presencia, ya a las puertas de la muerte, fue su mera existencia la que se castigó en forma de exorcismos.

»Lo que quedó de ella fue un cuerpo inmóvil de cintura para abajo, vejado y olvidado en un rincón de su cámara por las mismas criadas que mandó despedir».

Marta la Negra quedó un momento en silencio y después recitó como quien lee un libro o pronuncia un discurso repetido. «El 12 de abril del año 1555 murió la reina Juana I, reina de Castilla y los territorios de ultramar, reina de Navarra, Aragón, Mallorca, Nápoles, Sicilia y de Valencia, condesa de Barcelona. Tenía setenta y seis años y el cuerpo cubierto de llagas. El jesuita Francisco de Borja, allí presente, informó de la muerte a su hijo Carlos, emperador del Sacro Imperio Romano Germánico, quien seis meses después cedió todos sus títulos y cargos para recluirse también en el monasterio de Yuste. Falleció tres años después de la muerte de su madre, retirado en aquel recinto de silencio. Cuatro años después de la muerte de nuestra reina, su nieta Juana, hija del emperador, fundó para las clarisas el monasterio de las Descalzas Reales, donde también decidió encerrarse».

36

Tras la última noche sentada junto a Marta la Negra en el tronco del río, la Extranjera permaneció en su habitación los tres días que tardó en reaparecer Walter Salazar. Oyó la ranchera, salió vestida con un pantalón vaquero recortado a medio muslo, camiseta que fue azul y las sandalias de la casa, solo suela con cuerda. Aquel pelo ralo rapado a mordiscos con el que llegó era una mata fosca desordenada que ya tenía caída. Pronto sería una media melena oscurísima y mate. En cuanto puso un pie en el porche, todo se detuvo, quedaron suspendidas la alegría, los correteos de las niñas, los ladridos de los perros y el culear de las gallinas. Fue consciente.

Sin nada más que su propio cuerpo, se plantó ante el automóvil, esperó a que Walter Salazar descargara sin bienvenida los habituales enseres, y subió al asiento junto al conductor. No miró hacia atrás. Ninguna de las mujeres dijo o hizo nada. Walter Salazar puso en marcha el vehículo. El ruido del motor no supo imponerse al ruido en la cabeza de la mujer que partía.

LIBRO DEL RUIDO

37

La niña llamada Cata, de Catalina, mira a su madre, ensancha las aletas de la nariz y desde lejos puede olerla. Paz. Ahí está, la calma se le escapa por el sumidero de los días sin ella. El cabello de la mujer, oscurísimo y mate, siempre parece un poco sucio, áspero o salado. Como secado en la playa. Este mediodía su media melena brilla. Tumbada en una hamaca, con un martini en la mano, su madre dormita en la azotea de la abuela Marisa. Cata tiene once años y la costumbre de recoger copas del suelo.

Se acerca sin cautela, su madre no abrirá los ojos, y mira su piel lisa y blanca. Dan ganas de pasarle la lengua. Es un asunto de familia. Su madre suele contarle que cuando ella nació hizo exactamente eso. «En cuanto naciste, pequeñita, te pusieron sobre mi cuerpo. Estabas cubierta por una capa blanca. Entonces empecé a lamerte. Parecía una vaca. No sé de dónde me salió». Invariablemente, le pregunta cómo paren las vacas y qué pasa con el ternero. «No lo sé, nunca he visto parir a una vaca. Tienen una lengua enorme», responde siempre. «Te aseguro que yo me sentí como una vaca».

A fuerza de repetirla, conocen esa conversación de memoria, pero rechazan las complicidades. Cada una de las veces que comentan el asunto de la lengua y la vaca es la primera.

Es uno de los raros fines de semana que su madre pasa en casa. Entonces, y solo entonces, a Cata le apetece salir a la calle. También solo entonces le apetece quedarse en casa. Si su madre no llega, pasa las tardes en el colmado del señor Wang. Su madre llega cuando puede. El resto, trabaja fuera.

Cuando abre el portal de su abuela ya sabe que su madre ha llegado. Una alegría de plancton le recorre el cuerpo y esta vez no se cae por la escalera del terrado. El perfume de su madre flota durante horas como un madero en plena tempestad, el madero de una casa pintada de colores que conocerán cuando viajen a Puebla o a Valparaíso. Cuando viajen.

Pasan la vida planeando viajes a lugares lejanos donde ir las dos y nadie más. Piensa que lo bueno de su madre es que no deja de hacer planes. Lo malo es que nunca los cumple. Cuando se da cuenta, ya ha pasado la fecha y no hay maletas ni billetes ni ella tiene pasaporte. Cata nunca ha visto un billete de avión. Pero, ah, durante días luminosos todo son mapas, baúles, vuelos e incluso mudanzas definitivas. «Este verano alquilaremos un gran coche y recorreremos Italia tú y yo solas, pequeñita, desde los Alpes hasta la punta de la bota». De eso hacía dos o tres meses y aquel mismo día, por la noche, habían desplegado el mapa de carretera italianas. Trazaron una ruta, su madre le describía Venecia, Florencia, Roma, Nápoles. Pasado el tiempo, recordará con todo detalle cómo son las capitales italianas sin haberlas visitado.

Todo eso piensa mirando a su madre. Hasta que la copa de martini se le escurre de la mano desmayada y rueda por el suelo. Esta vez no se ha roto. Su madre sigue sin abrir los ojos. Cata recoge la copa.

«Tú no tienes nada que nos vaya a servir para Viena, pequeñita, allí no puedes vestir tus camisetas viejas, hay que renovar el armario entero». El problema del armario no son las camisetas viejas. No quedan camisetas.

38

Cata no cree que su madre se olvide de los planes. Cuando bebe muchas copas, los recupera y los repite, pero ya no parecen una buena idea. Después, se le endurece la cara y mira hacia algún lugar donde no hay nadie. Absolutamente nadie. Puede ver cómo sus ojos de oliva parda se vuelven cristal del color de los pozos donde se mezclan el musgo, el agua negra y los cadáveres de algunas niñas. La mandíbula dura, los pómulos duros, la frente dura, los ojos sin fondo. «Nos iremos a Pekín, pequeñita, pequeñita mía».

El Hombre la llama mentirosa por esa forma suya de no hacer maletas ni sacar billetes. «Mírate, joder, mírate de una puta vez, eres una jodida mentirosa», le dice y sigue su camino al salón blanco como si nada. El sofá de piel blanca del gran salón blanco es su sitio, el de sus gin tonics y sus cigarrillos de marihuana. Tiene la televisión encendida día y noche. En la pantalla siempre sale él mismo hace tiempo, gritando y riéndose, de cuando era presentador de programas. Allí llegan por la noche su gente y las chicas. A menudo, siguen ahí cuando Cata sale hacia el colegio, balanceándose como si ya no estuvieran vivos. El Hombre se pega al ventanal del salón blanco para ver las lindes paletas de la capital, y al fondo, la Sierra. A veces dice «me voy a la Sierra», y corre el aire.

Ha aprendido de su madre que el Hombre la llama mentirosa porque ve las cosas de otra manera. «Yo veo las cosas de otra manera, pequeñita», le dice a solas. «Ver las cosas como todo el mundo resulta imperdonable, una catedral rancia a la que nosotras no pensamos entrar». Cuando su madre habla en plural refiriéndose a ellas dos, Cata se ensancha.

El Hombre también le dice «Deja de venderle motos a la cría porque luego el que se come su frustración soy yo». La palabra frustración hace llorar a Cata. Le oye desde su dormitorio. Que la llame «la cría» le produce tal desamparo que frota la pared con salivilla para pasar la uña y comerse la cal. Cuando todo acabó y ya no quedaba nada ni nadie, la palabra «cría» le siguió acelerando el corazón.

No se acostumbra a la voz del Hombre, a sus gritos de noches enteras. Ni a lo de su televisor. «¿Por qué está él aquí? ¿Por qué lo has traído? ¿Por qué está él aquí? ¿Por qué lo has traído?», se repite en la cama con la uña entre los dientes. El Hombre reproduce su propia imagen antigua en el televisor y sobre esos viejos concursos baratos y sus palabras de entonces grita o canta a voces. Su ruido ocupa todo el espacio, absorbe todo el aire y no deja respirar a su madre. De eso se trata. De ahogarla. Todas las horas de todos los días que pasa en casa. Ellas a veces se recluyen en el estudio por respirar, y juntan las cabezas. «Dime palabritas de amor», le pide su madre con los labios sobre su oreja, aliento, calor, cobijo. Ella responde «Palabritas de amor, palabritas de amor, palabritas de amor». Si el

Hombre las descubre así, el día acabará mal. Como todos los días.

Los gritos del Hombre asustan a los insectos y secan las plantas. Eso dice su madre, y se ríe, incomprensiblemente.

Cada noche, las imprecaciones le llegan hasta el dormitorio, se le meten en la cama. Horas y horas con la palabra «Frustración», la palabra «Cría» y, sobre todo, la palabra «Mírate». «¡Mírate, mírate, joder, mírate!». Oye cómo su madre se levanta y se prepara una copa mientras el Hombre no deja de gritarle desde el sillón blanco del salón blanco. Después, ella pasa de largo hacia su cuarto y el Hombre traslada su tormento al borde de la cama de matrimonio. Entonces su madre vuelve a levantarse y sale, pero pronto regresa para que grite menos. Regresa con otra copa en la mano. «Por favor, baja la voz. Di lo que te dé la gana, pero baja la voz». Cata la oye susurrar. «Son las tres de la mañana». O las cuatro o las cinco o las seis. Cuando no tiene amigos en casa, el Hombre empieza a gritar hacia las diez de la noche y a veces amanece y él sigue gritando. Caben muchas copas en tanto grito.

Su madre toma también dos o tres pastillas y pasa horas e incluso días en la cama, dura y a oscuras en un lugar al fondo de su pozo. Dura como una tabla que no flota ni conoce los colores de las casas de ninguna ciudad. Parece que si le das suavemente con los nudillos va a sonar toc, toc, toc. Cata recorre la casa de puntillas, entra en el dormitorio apagando las lágrimas y le hace un mimo pequeño con las yemas de los dedos. Le lleva un vaso de agua con paracetamol. Pero su madre tiene venenos propios.

Si pudiera, si tuviera fuerzas, pensaría sobre qué es la realidad o qué significa la palabra mentira.

«Mamá, ¿qué es la frustración?», le preguntó una mañana de sábado. Ella le respondió que lo que una siente cuando espera que pase algo y luego no pasa. «Siempre pasa lo que espero que pase», respondió Cata, y era cierto. «Yo no tengo frustración». Una se acostumbra a lo que siempre pasa y no al contrario.

39

A veces, cuando su madre viaja, se sienta en el pasillo forrado de libros. Todos los libros son de su madre. El Hombre llegó con un televisor, una coctelera y ningún libro. Antes de que de regreso abra la puerta, ya la ha olido y la espera de pie al fondo del amplio recibidor para tener tiempo de mirarla antes del abrazo. Su madre lo sabe, se detiene en el quicio y enchufan un cable que alumbra y calienta.

Cata mira a su madre llegar hasta el dormitorio y dejar la maleta. La mira quitarse la chaqueta y coger el maletín. La mira dirigirse a su despacho, entrar y tomar posesión. También la miraba bailar.

La casa tiene tres grandes habitaciones que no son dormitorios. La mayor es el salón blanco, con una de las paredes en forma de cristalera que le da un empaque ostentoso y hortera. El despacho de su madre está al final del pasillo biblioteca, al fondo de la casa. Tiene una gran mesa de trabajo cubierta de planos, estanterías y un sofá-cama que nunca se ha utilizado. Y luego está el lugar al que llaman «la sala». La sala parece un comedor, pero no lo es porque en la casa no se come, al menos no en grupo.

Ella come en la cocina, y no podría decir si su madre o el Hombre se alimentan. La sala se utiliza en las rarísimas ocasiones que aparece alguna amiga de su madre, y para bailar.

Llegada cierta hora de la tarde, más o menos cuando se supone que las familias cenan, arriman la mesa y las sillas de la sala a una esquina y cierran la puerta. Entonces se impone música al ruido y baila. Casi siempre que está en casa, llegado el momento, su madre baila. Entonces Cata se sienta en cualquier sitio con las piernas encogidas y la mira hasta que se queda dormida. Ella no baila, porque le da vergüenza. Su madre también le da vergüenza. Se ríe sola o llora o canta a gritos hasta que ya no se parece a su madre. Cata cierra los ojos como cuando entrecierra una persiana y las rayas de luz se reflejan en la pared de enfrente y le de miedo. Su madre es una oscilación temible de sombras y luces.

Habitualmente todo acaba cuando entra el Hombre y quita la música sin hacer preguntas. La quita como si accionara el mecanismo que pone en marcha el montacargas que hay detrás de la casa y sube y baja en lo oscuro para regocijo de las ratas. Cata se despierta de golpe. «Mírate», dice él con los ojos fijos en la copa que decora el baile de su madre. «Mírate, borracha, loca». Solo eso y se vuelve a la cama. Ella cada vez quiere creer que se trata de celos, pero el corazón es un pájaro que no miente. Vuela, pía, duerme, aletea o, dada la circunstancia, tiembla y muere, pero no miente. Si hubiera podido entonces abrirle la puerta a la jaula, su corazón habría salido volando hasta llegar al borde del mar, dispuesto a recibir el picotazo sucio de una mala gaviota.

Pasado el tiempo, cuando su madre ya no esté, ese mismo pájaro habrá de enloquecer, furioso por no haber bailado con ella. Entonces Cata bailará sola. El corazón es un pájaro en una caja con respiraderos que se hiere y pierde plumas intentando salir, va cegando los agujeros. Cuanto mayor es su empeño, más ciego.

Se ha sentado a mirar en un sofá humilde que parece no estar. La sala entera es un espacio inexistente dentro de la casa, una madriguera de hojillas secas. Su madre se mueve con pasmosa seguridad hasta que de repente deja de hacerlo, todo así y siempre así. Es una mujer todavía joven, alta, delgada y sin filos que a ella le parece guapísima y a los hombres que pasan por la calle también. Aquella será la última vez que pisen la sala, pero ninguna de ellas puede saberlo. Una vez despejado el parqué, abre el botellero, se prepara un martini y todo empieza a acabar.

Baila dando vueltas y más vueltas con la copa en la mano. Cuando por fin se tambalea y cae al suelo, ella está en un duermevela atento. El golpe la saca de la modorra. No se pregunta por la caída ni su madre se levanta. Desde el suelo le manda una mueca ondulada y se queda dormida ahí mismo, en el parqué. Cata permanece quieta esperando que pase algo, deseando que pase algo. Al cabo de un rato, acerca la boca al oído de su madre. Huele a almíbar, sudor y guindas al marrasquino. «Mamá, ¿estás bien?». La mujer sonríe sin abrir los ojos, y ese gesto posa sobre ella toda la agitación grotesca acumulada en el aire.

Como en casa las cosas nunca terminan bien ni tranquilamente, vuelve a su rincón dispuesta a esperar lo que llegue. Piensa en Sancho Panza y en los esclavos que probaban las copas de Cleopatra. A medida que se hace tarde, se clava las uñas en los brazos hasta hacerse un poco de sangre para no sucumbir al sueño. La despierta aquel

ruido de montacargas en lo oscuro. El Hombre ha llegado de la calle y asoma la cabeza. La música ha dejado de
sonar. En el centro, su madre duerme sobre el parqué
enroscada en sí misma como un caracol sin cáscara. Un
caracol sin cáscara, en contra de la creencia popular, no
es una babosa sino el ser más indefenso y desnudo de la
naturaleza.

Teme que el Hombre empiece con su balbuceo ebrio
de reproches o que la zarandee para asegurarse un «mírate» puñal. No sucede nada de eso ni ninguna otra cosa.
Vuelve al pasillo tambaleándose. Minutos después, llega
desde el salón el estruendo de un concurso viejo, aplau-
sos, risas de gente que podría haber muerto ya. Mira a su
madre buscando gesto y piensa que le gustaría tener un
perro enorme. Después, se tumba en el suelo contra su
espalda, en posición de cucharita, y se duerme como si
estuvieran solas o en la bodega de un barco, polizonas. Se
duerme protegida por un animal mayor y más valiente.

40

«Vivís en un mundo que es una puta mentira. Convences a la cría de tus mentiras. Mírate. Estás fuera de la realidad. ¿Dónde está tu madre ahora, eh? Dímelo, coño, ¡contesta! ¿Dónde está tu madre cuando la necesitas?». Cata sabe que el Hombre sabe que está ahí, apoyada en el rincón de sombra que proyecta el marco de la puerta en el pasillo. «¿Te miras en el espejo? Dime qué ves si es que te atreves a mirarte ¿Qué ves?». Se ha detenido para que su madre no sepa que está. Si su madre se da la vuelta lo estropeará todo, verá que ella ve. No mira, no escucha, solo oye y desea poder cerrar los oídos sin mover las manos, como se cierran los ojos. El hombre mascullaba cuando ella ha llegado hasta allí. Mascullaba con los puños apretados. «Me das lástima». Al darse cuenta de que Cata no ha entrado, alza la voz. La pareja estaba en el centro de la sala, frente a frente, y se había detenido en seco, tratando de no ser, en el pasillo y siendo pasillo. Pero el hombre sí lo sabe y por eso va subiendo el tono de sus imprecaciones. Él tampoco va a revelar esa presencia oculta. De hacerlo, echaría a perder su ejercicio de tortura mejorada. Cuando el horror ya no surte efecto en la víctima, debe sustituirse por algo más elaborado, como obligar a alguien inocente y desarmado a contemplarlo y revelar su presencia pasado el tiempo suficiente.

«¿Te aburro? Sí, te aburro. Te crees por encima del bien y del mal, ¿no? Te parezco inferior, ¿no? Es eso, ¿no? Tú, la señora, la rica, tu familia de mierda. Las ínfulas de tu madre loca. Todo eso se hereda. Bebéis igual, ¿lo sabías? Tu madre y tú bebéis igual y estáis igual de locas. ¿Qué crees que ve tu hija cuando te mira? Tú no me das lástima, pero la cría no merece nada de todo esto». El Hombre hace un gesto teatral con la mano que pretende abarcar algo inexistente. Es un mal actor. Cata ve el rictus de hastío de su madre. Se mantiene allí de pie frente a él esperando a que se aburra, y el Hombre empieza, efectivamente, a aburrirse. «No soy la cría, no soy la cría, no estoy aquí», piensa. Se siente culpable de estar presenciando aquello, culpable para siempre. Sabe que forma parte de la violencia y piensa que si pudiera entrar en su corazón lo encontraría lleno de orugas sin hilo ni saliva ni futuro. Se siente cómplice, pero no puede moverse porque, si lo hiciera, su madre se daría cuenta de que está. «Déjala, déjala en paz», grita en silencio, hacia adentro. El hombre ya ha empezado su letanía sobre ser inferior, maltratado, despreciado. «Tú no me tienes respeto porque te sientes superior. Porque no eres capaz de mirarte. ¿Quién es la inferior? ¿Eh? Mírate bien antes de emborracharte otra vez y dime quién de los dos se arrastra». El Hombre se aburre, su madre se aburre, va a ocurrir. «No, por favor. Perdona, mamá. No, por favor».

El Hombre baja la cabeza, se gira ligeramente hacia la puerta y entonces la levanta de golpe. «Ah, ¿estabas ahí?». Todo se rompe en silencio y su madre no la mira porque ya sabe de qué se trata, pero lo olvida antes de ser consciente. Cata tiembla por la forma en que su madre la salva. ¿De qué la salva? «Es por mi culpa», piensa. Ella tampoco mira a aquella mujer que sigue con la vista fija en un punto más allá sobre el hombro del Hombre. «¿Necesitas algo? ¿Estás bien?», pregunta él. No le chilla «Vete a la mierda y déjala en paz». Tampoco llora. Siempre es así. Él grita y gesticula, a veces da vueltas como un tigre alrededor de la gacela que agoniza. Pero su madre es una leona y mira más allá. Cata no entra en la sala. Desde el salón blanco llegan las risas enlatadas de algún programa idiota y también la voz del hombre que el Hombre era entonces. Cuando calla, su voz sigue sonando desde otro lugar. Su voz nunca calla.

«Baja a ver si el señor Wang necesita algo, o si tú quieres algo, pequeñita». Las palabras de su madre arrastran madejas deshilachadas, *fssssss*, sobre el parqué. «El chino, el chino, el puto chino», el Hombre se vuelve a enfrentar a su madre, que empieza a darse la vuelta, todo ha comenzado a terminar. «Un día le voy a partir la cara al puto chino, a hostias le voy a mandar a China». El Hombre suelta una carcajada y sigue riéndose en agudo como una hiena metiéndose el dedo en la nariz. Cata entra por fin en la sala y ve cómo se mueven todos los muebles, sin desplazarse, flotantes. Eso pasa cuando andas sin pisar el suelo. Su madre se acerca y le acaricia la cabeza, pero no la mete debajo del ala ni la mira. «Venga, pequeñita, ya sabes, el señor Wang espera».

Entonces sucede. Sucede y sucede y sucede y el tiempo estalla en ese suceder. La mano del hombre le atenaza el brazo y le da la vuelta de un empujón. Su madre dispara la cabeza hacia delante sin moverse. Cata no se desase. El Hombre abre la boca. Cata se sala, es estatua. En la garganta de su madre nace un gruñido de fiera. Algo que no está pasando resulta aterrador. El Hombre y su madre se miran a los ojos. La ferocidad inmóvil de ella se cubre de garras. «Estás muy equivocada si te parece que puedes hacerle esto a la cría», y sacude a Cata lo justo para que se le mueva el pelo. Su madre mastica un «suéltala ahora mismo». El Hombre relaja la mano y Cata se dirige a la puerta en el absoluto silencio de la presa bajo la mirada del tigre, con la vista fija en el pomo. Ya en el recibidor, oye un ruido de cristales y sale.

Sabe que el Hombre ya ha empezado a hacerse una raya. Su madre se estará preparando un martini. «Anda, boba, dame un beso», el vozarrón del Hombre alcanza el descansillo donde espera el ascensor. Después seguirá rompiendo cristales. Rompe cristales porque no puede romper a su madre. Si la rompiera, perdería todo lo que tiene. Todo lo que tiene el Hombre es de su madre. Todo lo que ocupa, también. Por eso golpea los muebles y solo los muebles, rompe las copas y solo las copas. Baja la escalera sin esperar al ascensor y recuerda el día en que le dijo «Mamá, tú no eres de cristal». Su madre la metió bajo el ala y se rió. «No, pequeñita, nosotras somos de titanio». Sin embargo, copas, cristales, rayas, voces, muebles, cristales, voces, copas, muebles, rayas, y la voz del Hombre que vive en concursos pasados para recordarles que ha existido siempre y no acaba de llegar. El suyo es un ruido eterno. «Anda, boba, dame un beso».

41

El Hombre está sentado en su gran sofá blanco de su gran salón blanco con chimenea cegada. Nada es suyo y todo es blanco excepto el estrépito chillón que el televisor vomita día y noche. Ningún mueble en toda la casa es mayor que la pantalla del televisor. La pantalla es lo único que pertenece al Hombre, y la coctelera. Cuando se juntan el barullo de la televisión y el de la coctelera, Cata se tapa los oídos. En esas ocasiones, su madre ya está en la cama. Cada vez que Cata tiene que pasar por delante de la puerta del salón blanco piensa que si el Hombre se fuera, detrás se arrastraría el ruido. Lo piensa todas y cada una de las veces. El ruido del Hombre que grita de noche, el ruido del hombre antiguo que mana de la televisión, el ruido del Hombre que habla a aquel otro frente a la pantalla y se ríe consigo mismo a carcajadas, el ruido de la coctelera, el ruido de los hombres que cantan de noche sobre el ruido del televisor, el ruido de las chicas gritando y sus aullidos, el ruido de los hielos contra el metal de la coctelera.

El martini de su madre no hace ruido.

42

«Quiero que te vayas». Su madre no se parece a su madre. Solo tiene que abrir la boca para que las palabras vayan cayendo como adoquines y las cosas sucedan a golpe de piedra. Abre la boca.

Quiero *¡BUM!*

que *¡BUM!*

te *¡BUM!*

vayas *¡BUM!*

Lo dice en un tono suave que no es amable ni hostil, el sonido de un neumático sobre el asfalto de la autovía, lo contrario a la grava. Tumbada en la cama con ella, Cata acusa aquella voz nueva. Ha sentido la llegada del Hombre al dormitorio, aunque estuviera profundamente dormida la habría notado. Si no fuera así, los cachorros no sobrevivirían. Habitualmente, suele despegarse del lomo de su madre y volver a su cuarto como si no hubiera estado allí donde ya solo quedan las voces del Hombre. Pero esta noche todo va a cambiar definitivamente, totalmente para siempre. Su madre, leona, le pone la mano sobre el muslo y la frena. Ella permanece adosada a su espalda. La mujer enfrenta al Hombre semiincorporada sobre el codo izquierdo. Lleva puesto su camisón de cuando no duerme desnuda y la sábana la cubre hasta la cintura. La melena nocturna parece peinada y limpia. Cata recordará el extraño calor de aquel día en el cuarto, quizá la sangre subiéndole a las mejillas. Ahí detrás de la leona que no se parece a su madre, finge quedarse dormida.

Quiero

que

te

vayas.

Por segunda vez y en el mismo tono. Las segundas veces nunca cargan piedras. El tirante izquierdo del camisón está a punto de resbalar de su hombro redondeado. En esta ocasión el Hombre reacciona. «¿Que me vaya adónde?». Lleva el cigarrillo de marihuana entre los dedos y pronuncia cada palabra como si tuviera el paladar untado en miel. O en grasa. «Que te vayas», responde sin inmutarse la mujer levantando algo más la cabeza. «¿Adonde?», de nuevo. Siente cómo se tensa la espalda de su madre, pero el tono es el mismo, podría estar sentada al sol de un claustro. «Donde te dé la gana, pero sal de esta casa». Piensa que podría ocurrir algo malo, malísimo, pero en el fondo sabe que no va a suceder. Eso no se lo confiesa a sí misma. También piensa en serio en esa posibilidad, que se vaya, permanecer por fin solas en el silencio de sus palabras.

Se hace en la habitación el otro silencio, el silencio del ruido, que no es silencio sino su contrario, que es largo como de aguantar la respiración para que el corazón no cruja. Se puede sentir sin esfuerzo un aire que ha empezado a llenar la habitación de vibraciones negras. No hace falta ser cachorra para sentirlo. Cuando la madre leona suele quedarse dormida en el parqué y el Hombre le grita y la zarandea, se atreve a tocarla fuerte, una conoce la vibración, el color, la luz, el olor del aire. El cachorro debe afilar sus sentidos, le va la vida en ello. Todo, todo el dormitorio se va llenando de un temblor tenebroso en cuyo centro su madre permanece dentro de la burbuja de su no parecerse a sí misma. Nada la roza ni parece alcanzarla. «Quiero que te vayas lo antes posible. A poder ser mañana. Mañana mejor que pasado». Cata pensará tiempo después de esta noche definitiva que las cosas podían haber sucedido de otra manera. Pero ¿podían? Esa mujer era su madre, su casa era su casa, ella era su hija. Allí lo único del Hombre eran el televisor y la coctelera. ¿Por qué no se fue? ¿Por qué las cosas no suceden como deberían? Lo normal es que se hubiera ido. Lo contrario no es lo normal. Lo normal es que hubiera empezado a irse en el momento exacto en el que su madre dijo por primera vez «quiero que te vayas». Pero el Hombre no se irá. ¿Por qué? Porque puede. Cata parece entender eso mejor que su madre.

De golpe, el Hombre empieza a reabsorber toda la vibración negra que ha emanado de su cuerpo descomunal. Ya no es descomunal. Es entonces cuando Cata se da cuenta de que el Hombre es un cobarde. Inmediatamente la golpea una rabia desconocida contra su madre y tiene que hacer un esfuerzo para no despegarse de ella. «El Hombre es cobarde, nosotras somos de titanio, él no se irá, tú no podrás echarlo, tú no eres de titanio, eres un caracol sin cáscara». En algún sitio ha germinado una mentira, pero habría que descubrir dónde exactamente. No habrá tiempo para eso.

El Hombre se desviste y se mete en la cama a la vez que Cata sale, como si no hubiera sucedido nada. ¿Ha sucedido algo? Desde la puerta, se vuelve un instante hacia la mujer, que sigue en la misma postura. Parece una fotografía de verano, de algún verano. Toda esperanza tiene su verano. Ya desde su cuarto, oye cómo su madre sale del dormitorio, cierra la puerta y de dirige hacia su despacho. Los pasos por el pasillo son firmes y suaves a la vez. A su despacho directamente, no a la cocina ni al martini.

Desde que su madre se recluyó en el despacho, las noches se han poblado de hombres y chicas, canciones y mañanas con adultos tambaleándose por la casa. Ninguno parece darse cuenta de que Cata entra en la cocina, se prepara el desayuno, se ducha y sale hacia el colegio. Antes de hacerlo, entra a darle un beso a su madre. A esas horas ya la encuentra frente a la ventana con la vista fija en ningún lugar. Ya no hace planos ni sale, solo esa forma de asomarse a ningún sitio. Al menos hasta el momento el Hombre no ha vuelto a gritarle de noche. Tampoco le han dejado tiempo sus amigos, la coctelera, sus rayas ni las chicas.

Una noche, Cata oye un ruido en su habitación. Alguien ha entrado. No se mueve. Abre los ojos solo una rendija. Es una de las chicas. Se acerca al escritorio de Cata y trajina con algo. Aspira fuerte, echa la cabeza hacia atrás de un golpe y suelta un suspiro largo y ruidoso. Pasea la mirada por la habitación y se sienta en la cama. Entonces nota la presencia de Cata, que no la altera. «Ay, perdona, cariño, no sabía que había nadie aquí». Cata tiene la sensación de que quizá ella ya no existe en esa casa o que la casa misma ya no existe. La chica trata de acariciarle la cabeza y se aparta con un movimiento de rabia. «Tu padre es un hombre maravilloso, ideal». Ideal es una palabra propia de las estúpidas. Ideal debe ser la palabra que le dicen al Hombre. «No es mi padre», masculla Cata. Ya no tiene sueño ni sabe qué hora es. A lo mejor tiene que levantarse ya para ir al colegio. El bullicio de voces sobre la música que suena sobre el griterío del televisor entra en el dormitorio. La puerta permanece entreabierta porque la chica no ha encendido la luz. «Pues igualmente es ideal, aunque no sea tu padre».

La chica se levanta empujada por el cuerpo de Cata. Se queda ahí pasmada mientras ella agarra el colchón y sale. Lo arrastra por el pasillo hasta el despacho de su madre. Pasa por delante del salón, se cruza con hombres y chicas que no reparan en ella. Descalza y en pijama bien podría tratarse de una alucinación.

43

Cata se despierta cuando ha pasado la hora de ir al colegio. Su madre ya mira desde la ventana a ningún sitio. Hace días que no va a trabajar, así que cuando decide no ir a clase, su madre tampoco le ordena lo contrario, si es que se da cuenta de que no es fin de semana.

Mirándola recuerda las cosas de la escuela.

«Majo, mi madre se llama Majo». Puntualmente, cada año, cuando respondía a esa pregunta, alguna niña gritaba a carcajadas «ja, ja, ja, ¡Ajo! ¡Su madre es un ajo!», y el resto de las alumnas rompían a reír con ella. Cata quería en esos momentos taparse los oídos, hacerse daño, sangrar o desmayarse para que se arrepintieran, quería salir despedida por aquel estallido de crueldad, hacia arriba, contra el techo, y quizá morir. «Si tu madre es un ajo tú debes de ser una cebolla, ¿no?», y otra vez el apabullante ruido de las carcajadas infantiles. Solo la risa infantil resulta tan punzante, se te clava tan ácidamente. Es por los grititos agudos que las niñas dejan escapar como inocentemente, brutales. Con los años, lo agudo desaparece, pero algunas mujeres de largas uñas esmaltadas lo conservan en el lugar de los puñales.

«Mi madre se llama Majodemariajosé», aprendió a decir, tan deprisa que a nadie le daba tiempo a calzar ahí la cuña de su carcajada. Pero no hay tregua, nunca hay tregua, una siempre tiene una ranura por la que entra la humedad que todo lo pudre. «Mi madre trabaja haciendo molinos de viento, como Don Quijote». Aquel año en el que consiguió hacer desaparecer el ajo y la cebolla, fue la profesora quien se desternilló. «Ja, ja, ja, ¡molinos de viento! Ja, ja, ja ¡Don Quijote!» y se palmoteaba las piernas. La autoridad doblaba la risa de toda la clase. Las niñas no pierden ocasión de reírse de alguien siempre que eso le vaya a hacer daño y sobre todo si le puede hacer llorar.

A Cata le pareció una mujer idiota, una idiota mujer lechuza. Pensó que su madre habría dicho «pobre, es una rancia». Le encantaba cuando su madre arqueaba la ceja izquierda, solo la izquierda, y decía «esa es una rancia». El uso que Cata hacía de la palabra «Rancia» desconcertaba a sus compañeras.

El de la ceja era un gesto que habitualmente, pero no para ella, resultaba como hielo en una superficie donde no hay agua o sobre la piel de un bebé, como escarchar los brotes tiernos en primavera. Todo quedaba suspendido y hacía frío. Su madre no se daba cuenta de las consecuencias de su gesto. La gente pensaba que sí se daba cuenta, que era altiva, cruel y soberbia, el Hombre también pensaba lo mismo. Lo que sucedía es que no se daba cuenta. O sea, que estaba inconsciente y no sabía que ella era ella, algo que se iba agravando con los años.

Si su madre decía que trabajaba haciendo molinos de viento, ¿por qué no iba a hacerlo? ¿Por qué iba a mentir con una cosa tan rebuscada?

44

Cata no se lo confiesa a sí misma porque le da miedo. Ha comprendido que quizá su madre nunca vuelva a salir a trabajar y echa de menos que lo haga. Ella tampoco ha vuelto al colegio. Si su madre regresara a los viajes, ella la añoraría como antes, dolorosamente, pero este no saber qué va a ocurrir, qué está ocurriendo, le asusta.

Una vez, una sola, fueron juntas de viaje. Eran tiempos de molinos y todo en casa sonaba ya a roto.

«Te voy a enseñar las tripas de un molino, pequeñita», le dijo al despertarla. Aún no había amanecido y era evidente que no había dormido. Cata había aprendido a conciliar el sueño en la tormenta diaria de piedras contra el descanso, pero a su madre le caían demasiado cerca, las piedras del Hombre le caían sobre la cabeza, el vientre, los pechos, las piernas, destrozándole los empeines, la cadera, los húmeros. En el caso de que, aun con todo o destrozada, consiguiera dormirse, el Hombre la zarandeaba para seguir robándole el reposo. Ignoraba qué pensaban de todo aquello los vecinos, de las piedras nocturnas. Si también les robaban las noches, ninguno se quejó nunca. Qué ruido de silencio.

Algo muy feo debía de haber pasado para que su madre la levantara a esas horas y sobre todo para que la llevara consigo a los molinos. Deseó que los molinos estuvieran en Viena.

El viaje en coche le supo como si finalmente llevaran a cabo un plan. Amanecía cuando dejaron atrás la ciudad, una sentina violenta a mordiscos a la que Cata no habría de acostumbrarse. «¿Hacia dónde vamos?». Sin despegar los ojos no de la carretera sino de aquel lugar suyo donde no había nada ni nadie, le respondió «hacia el norte, pequeñita, vamos en la dirección por la que se llega a Francia». La palabra Francia le humedeció los ojos y pegó la frente a la ventanilla. Entre el vaho de su contención vio pasar clubes, burdeles, complejos de naves metálicas, camiones varados al abrigo de un plato de cuchara.

Despertó ante una cadena de montes pelones coronados hasta donde alcanzaba la vista por enormes aspas blancas. Tuvo ganas de llorar por haberse quedado dormida. Sentía que no volverían a vivir juntas una experiencia semejante. La blancura de los molinos le pareció una vajilla nueva o parte de un cuarto de baño.

«Vamos a verles las tripas, pequeñita», y echaron a andar.

Era evidente que allí su madre era la jefa y que por lo tanto sí hacía molinos de viento. Aquella madre no se parecía a la mujer que bailaba con la copa en la mano. Era su madre en otra versión. Se preguntó quién se creería su madre más ella, quién era a sus propios ojos. Hasta ese momento, Cata solo había conocido una versión. En ese momento no supo elegir. La prueba definitiva de su autoridad fue cómo le acariciaban a ella la cabeza y alababan su belleza. Se sabe que algunas cosas son mentira, pero aun así. Cuando un adulto hace caso a una niña que no es su hija, es mentira o está a punto de hacerle daño.

Entraron. «Parezco Alicia cuando se hace pequeña», dijo Cata. Hacia arriba no veía el final. «Cuando mengua, pequeñita, cuando mengua». Su madre fingía severidad al corregirla, luego soltaba una carcajada de cuevas luminosas y le rodeaba la cabeza con el brazo, la metía bajo el ala, como las gallinas. Cata se moría por permanecer allí el resto de su vida, como un melocotón se conserva en almíbar.

«Voy detrás tuyo, mamá». Otras veces. «¡Detrás de ti!», le corregía seria. Era como el asunto de la vaca y los lametazos, se repetía y cada vez era la primera. Ambas conocían su significado oculto. Cata lo hacía adrede para que la protegiera bajo el ala en los momentos en los que un abrazo habría resultado extraño o cuando los gritos podían herir su corazón y taparle otro respiradero.

Cata mira a su madre, que se ha tumbado en el sofá cama. Ha avanzado la mañana y tiene hambre, pero no irá a la cocina hasta que ella se despierte. Bajo el escritorio van amontonándose los platos sucios. No fingen jugar, no hay dulzura. Sencillamente comen. Su madre nunca ha jugado ni juega con ella, no le ha leído historias antes de dormir, no la ha llevado al parque de atracciones ni a ningún otro parque. Cata ha pasado las horas en las que están separadas en el trastero del señor Wang. «Nosotras no jugamos así», le explicaba. «Eres una borde», decía el Hombre entonces, «eres una jodida borde que se cree superior y no eres más que una yonqui de mierda, ni siquiera eres capaz de hacerte cargo de la cría». Alguna vez sí salió la posibilidad de ir a una feria, y estuvieron a punto, pero nunca sucedió.

Recuerda que la larguísima escalera recorría las tripas del molino, le hizo pensar en el interior de un pez, en la raspa. Piensa, acordándose, que podría haberle dicho a su profesora rancia «los molinos de viento por dentro son un pez», solo para escuchar su risa por última vez. Porque habría sido la última. Siempre pensaba que iba a hacer cosas valientes que nunca hacía. Su madre pensaba lo mismo de sí misma, pero en su caso no era cierto, solo que se lo repetían cada noche.

45

Su madre no está en la habitación cuando Cata abre un ojo. Las horas y los días han ido difuminándose, pero cuando es de noche se nota. En cuanto abre la puerta oye el ruido, esta vez no estruendoso. Suenan gemidos de fondo que podrían ser de dolor. Llega hasta el salón blanco y ve a contraluz la silueta de su madre. La puerta de doble hoja y cristal biselado está abierta y su madre parece una estatua en bragas. Hace días que solo viste bragas y, durante el día, un camisón. Cata se acerca lentamente con la impresión de que la mujer se ha quedado dormida de pie. Enfrente le queda la pantalla y, entre esta y su madre, el Hombre parece temblar en su sillón. Siempre que lo ve allí sentado, Cata piensa «no es tu sillón, no es tu sillón, no es tu sillón».

En la pantalla, tres hombres desnudos empujan a la vez a una joven también desnuda. Dos la empujan desde atrás y uno, delante. La joven, muy flaca, está a cuatro patas. Es ella la que emite aquel sonido como si algo le quemara un poco. De repente, el ano de la chica ocupa toda la pantalla, un enorme agujero oscuro en una enorme pantalla para él solo. Entonces su madre emerge de algún sitio, se acerca hasta el sillón blanco, agarra el mando y apaga el televisor. Cata sale corriendo hacia el despacho. Sus pies descalzos hacen *plas plas plas* sobre el parqué. Al minuto regresa su madre sin ruido.

Al cubrirse la cabeza con la sábana, Cata tiene la sensación de haber estado en una clínica, visitando a algún enfermo terminal de la familia.

46

Su madre ha vuelto a quedarse dormida de día. Al mirarla, piensa que se parecen más que nunca. Siempre ha creído que se parecía a su madre porque no se parece a los demás. Eso decían. Ahora que las cosas ya son otras, sigue pensando lo mismo. «Mamá, yo no me parezco a los demás, ¿verdad?», le preguntaba. Ella se la metía bajo el ala. «Claro que no, pequeñita, tú eres única». Su madre también. El Hombre les gritaba que todo aquello era «una puta soberbia de ricas y niñas mimadas que se creen superiores». La llamaba «soberbia de pijas» y casi se le podía ver escupir al suelo en la puerta de una cantina.

Recuerda el último día que vio a las amigas de su madre en casa. Ahora entiende mejor la forma en la que todo iba acabando, ahora que ha desaparecido para siempre. Ya entonces eran otro mundo. Se reían igual que bebían y bailaban, de una forma estruendosa. Su voz rompía la espesura de la casa, la abría en canal de un empentón y entraba la luz. Pero todo, todo lo cubría ya la noche que siempre llegaba. Le parece que quizá solo le pasaba a ella.

Aquel último día, su madre puso música y saltaba de alegría, lo que no suponía necesariamente algo bueno. Desde hacía tiempo no era ya común una reunión de mujeres allí. Al Hombre no le gustaban y después hacía daño. Entre ellas, el Hombre parecía una mentira vieja. Se plantaba de pie en el centro de la cocina, su corpachón llenaba y parecía absorber el aire, hablaba por teléfono a gritos sobre contratos, ventas, comidas de trabajo y ese tipo de cosas vagas y masculinas. Cata sabía que el Hombre no hablaba con nadie, porque jamás lo había visto trabajar. Ellas lo sabían también. Aquellas llamadas cubrían de ordinariez los alimentos. Sin embargo, la alegría de su madre conseguía lavar cualquier viejo trapo nocturno. Resultaba prodigioso cómo cada mañana todo empezaba de nuevo y cabía la posibilidad de que algo hubiera cambiado, hasta qué punto era capaz de fingirlo. También podría ser que llegara a creérselo.

Cata recuerda que su madre anunció una sorpresa. No se podía saber cuál, porque cambiaba de opinión antes de haberla enunciado. Si hubiera visto a su madre sin titubeos se le habría encogido el corazón. También se le encogía por lo contrario. Se le encogía. Así que cuando su madre anunció una sorpresa, se le encogió el corazón. Se le encogió por lo bueno y por lo malo. También por la posibilidad de que el Hombre aprovechara su ausencia e irrumpiera en el salón para contarles a las amigas historias telefónicas sobre negocios y pactos cerrados. Ellas no disimulaban, y por eso la noche se le iba a ir a la mierda a su madre, si es que para la noche quedaba algo de ella que no fueran los restos.

Recuerda vagamente que aquel fue un día de luz. La firmeza de una alegría a seis manos contra los huecos de los montacargas. En esas estaban cuando regresó su madre. Y detrás de su madre, el señor Wang cargando dos bolsas en cada mano.

«Con ustedes... ¡tachán! El señor Wang, maestro de cocina y magia, desapariciones y pato laqueado, cuyas artes son internacionalmente reconocidas». Al señor Wang el Hombre lo llamaba el puto chino con un desprecio bilioso. Cuando el Hombre hablaba de esa manera, algo se cubría de hielo, los libros, las plantas, lo vivo. Su madre se acercó a Cata con el rumor de los secretos. «Se me ha ocurrido un plan inmejorable». Los planes inmejorables de su madre también acababan hechos añicos contra el muro de la noche.

Mirándola descansar, empiezan a caerle unas lágrimas que, de ir a dar sobre la arena, trazarían las muescas del amor. La ternura hacia su madre es como el océano, sin límites y llena de vida. El señor Wang era y es en verdad extraordinario. El señor Wang es minúsculo, apenas existe. Adora al señor Wang porque es familia. Es el silencio. Pero con su madre las palabras, los silencios, los objetos y el aire están hechos de cristal, de cristal los cuerpos, y entonces todo podía romperse de un golpe de risa o una tos.

Cata había pasado horas en la trastienda del colmado que el señor Wang tenía en los bajos del edificio. Según su madre, desde que nació ya pasaba las horas allí. Cata lo reconocería, pasados los años, como lo más parecido a un hogar y donde refugiaba el corazón cuando se hizo definitivamente de noche y ya no quedaba nada. Poco tiempo después, los hombres hablaron de todo aquello con palabras como «peligro» y «abandono», enseñaron fotos de la trastienda, imágenes en las que parecía un lugar sucio y siniestro donde una niña solo podía resultar herida o incluso morir debido al irresponsable desamparo de una madre borracha. Así decían, «borracha». Entonces, ante las preguntas y las fotografías, el señor Wang lloró.

El señor Wang tuvo un restaurante mientras su mujer vivió. No se sabe por qué ocultas razones, en cuanto enviudó, obligaron al señor Wang a entregar su restaurante a una pareja joven. Entonces, la abuela Marisa le compró aquel local minúsculo junto al que fue el restaurante del matrimonio Wang, porque alejarse suponía una traición al amor. Hacia fuera, es un cuchitril largo y atestado. Clandestinamente vende cigarrillos. No vende paquetes, sino cigarrillos sueltos. El verdadero mundo del señor Wang, y el de Cata, está en la trastienda. Dos leones pintados de amarillo a tamaño natural, un enorme Buda dorado, un dragón verde de cola erizada, cintas de farolillos rojos encendidos día y noche. En el lago artificial de plástico nadan cinco peces naranjas. «Son los peces de la señora Wang, ah, la señora Wang, la señora Wang», suele repetir lanzando mensajes secretos con sus párpados sin pestañas.

En la trastienda se apilan además cientos, quizá miles, de objetos fabulosos sin nombre conocido. Al fondo, su catre, cubierto con una colcha de sedas de colores recosidas, brillantes retazos de vidas pasadas. Cata sabe que es su sitio y todavía piensa que todo eso resulta indestructible.

Aquel último día de amigas, su madre volvió de la cocina cargando el carrito de las especias. Hacía tanto tiempo que el carrito de las especias no viajaba de la cocina al salón que parecía Navidad. Una navidad lejana de la que Cata apenas recordaba el aroma de un asado. El aplauso de las tías espantó el montacargas a palmadas, como se espanta a los perros. Ninguna se dio cuenta de cómo ni cuándo, pero la mesa estaba servida y el señor Wang ya manipulaba el pato. «¿No os lo había dicho? ¿No os lo había dicho, mujeres de poca fe?», su madre giraba sobre sí misma exultante. Recuerda cómo le recorrieron la espalda las uñas del escalofrío, rascando apenas, hasta la nuca. Unas uñas que lo mismo podrían clavarse llegado el momento. «¡El señor Wang es capaz de hacer aparecer y desaparecer cualquier cosa!». Su madre jugaba con la idea de tener servicio o de vivir en un país exótico o sencillamente de no estar en su casa ni ser ella. Cata no puede parar de llorar. Llora de amor, la ternura la ahoga. Eso le pasa, se ahoga de madre.

Efectivamente, una vez terminado el pato, sin saber cómo, todo había desaparecido y sobre la mesa solo quedaba una botella de tequila y cuatro vasos. El señor Wang se había esfumado también. El señor Wang era lo contrario al ruido.

Las imágenes y los ruidos de aquella noche pueden oírse aún afuera en ese preciso instante.

47

Paso a paso las cosas van cambiando fuera y los platos sucios se multiplican dentro. Cuando el Hombre abre por primera vez la puerta del estudio, su madre está inclinada sobre la mesa de dibujo y Cata la mira desde el sofá cama. Al abrirse la puerta penetra un aire fresco que ya no es el de las mujeres.

El Hombre abre sin llamar. «Basta ya de esto, joder, basta ya». Ninguna de las dos responde. Siguen en la misma postura, como si nada hubiera sucedido. Él no entra. «¿Me puedes decir qué coño significa todo esto? ¡Me estoy volviendo loco! ¿Es eso lo que quieres, que me vuelva loco yo también?». Se vuelve y mira a Cata. «¿Me puedes decir qué consigues con esto, cariño?». Ya está, ya es otro. El Hombre siempre hace lo mismo. Primero grita mucho, luego rompe cristales, golpea muebles, a veces zarandea a su madre mientras ella parece aburrirse, y luego trata de ser el opuesto a sí mismo. «Venga, boba, no te pongas así, ya me conoces, y yo a ti». El Hombre que es ahora habla con voz suave y fuerza una sonrisa que no tranquiliza sino todo lo contrario. «Venga, vamos juntos a la cama y que la cría vuelva otra vez a su cuarto». Los trucos de engatusador del Hombre son los mismos que la imagen de sí mismo que vomita el televisor. Hombre viejo de programas de cuando era joven. Piensa que cuando llegó el Hombre ya había caducado. Cuando su madre pronuncia la palabra «caducado», el Hombre aprieta las mandíbulas. Pero esta vez su madre no pronuncia ninguna palabra ni se da la vuelta. Una no puede dejar de darse cuenta de que no suena la televisión. Después de ese gesto, el Hombre no les va a perdonar lo que suceda. El silencio hace sentir a Cata que se ha apagado un motor que lleva toda la vida sonando, que han vivido dentro de un motor. Cuando aún se tomaba la molestia, había oído decir a su madre «Por favor, apaga eso, es una tortura». Entendió la palabra «tortura» perfectamente, literalmente.

Agarrado al pomo de la puerta del despacho, el Hombre parece esperar que algo suceda. Nada. Cuando ya está suficientemente furioso, cierra de un portazo. Desde dentro oyen el puñetazo contra la puerta, una, dos, tres patadas. Al cabo de pocos minutos, el televisor atruena más que nunca.

Ya están dormidas cuando el hombre regresa. Esta vez no abre la puerta. La golpea con la mano abierta y no empieza con la monserga victimista ni los insultos. Solo dice sin gritar «esta me la pagarás». El Hombre no quiere golpear la puerta, sino a su madre, pero no puede hacerlo. El Hombre tiene un problema. No tiene nada, y ambas lo saben. Si golpeara a su madre, lo perdería todo.

48

Cuelga el teléfono. Era su abuela. «¿Estáis vivas las dos?», ha preguntado. Le ha respondido que sí. Y después: «¿Por qué no me responde tu madre?». Cata le ha contado que porque tiró el móvil por la ventana. Antes de colgar, la abuela ha respondido «Ya veo».

Efectivamente, dos días atrás su madre tiró el teléfono por la ventana. «¿Cómo hemos llegado a esto, pequeñita?», dijo antes desde el sofá cama. Ella entendió que no esperaba respuesta. «En todos los hoteles me acordaba de ti. Luego, al llegar, ya sabes... Para esto he trabajado como una mula, para estar una vida separadas o no verte o el suelo». Era difícil reconocerla en ese tono cercano, confidencial. «Has visto todas esas cosas, las has oído. Yo no estaba. ¿Para qué he trabajado así? ¿Por qué? Para quién, esa es la cuestión. No para ti, por lo que veo ahora, pequeñita». Desde fuera llegaba el ruido perenne de risotadas y zapateos que podían ser ya los de aquel día o todavía los de aquel día. El tiempo había perdido consistencia dentro de la habitación. Fuera nunca lo tuvo. Cata vio cómo su madre se levantaba y cogía el maletín que había quedado bajo la mesa, tras los restos de platos y vasos amontonados, como un monumento a lo que fue. Lo abrió y extrajo un zapato. Siempre llevaba en el maletín los zapatos de trabajo, que eran los de tacón. El maletín, el tacón y el móvil en el suelo ya no tenían nada que ver con ellas. «¿Ha merecido la pena?», preguntó blandiendo el zapato. Luego lo estrelló contra la pantalla del aparato una, dos, tres veces hasta que la rompió. Abrió la ventana y lo lanzó contra los setos del jardín común de la finca.

Cuando Cata ha colgado, su madre ha levantado el ala de gallina. Ahí, tumbadas juntas en el sofá cama, se quedan dormidas.

Ninguna de las dos sale ya de la habitación si no es a la cocina o al baño. Cata aprendió hace tiempo, desde siempre, que los humanos tardamos nada en acostumbrarnos a cualquier situación. No le extraña que las cosas sucedan fuera, en la casa, como si ellas ya no existieran. El Hombre acude cada noche ebrio a golpear la puerta y gritarles. Sabe que si ella falta, entrará. Su madre sabe que pasará lo mismo si deja sola a Cata. Ninguna de las dos se lo dirá a la otra. Las mentiras de su madre al colegio y a los molinos se fueron haciendo cada vez menos elaboradas, y después desaparecieron.

Ese día la fiesta del Hombre ya ha llegado hasta las puertas del despacho. Desde que están recluidas, las fiestas han rebasado el salón blanco. El ruido las alcanza con los cuerpos anudados. Cata está moviéndose hacia su colchón cuando suena el primer golpe contra la puerta. No es un manotazo, sino un apoyarse fuerte. Después suenan otros, bum, bum, bum, y a ese ritmo, los gemidos de una de las chicas, bum, bum, ah, ah, bum, ah, ah, bum. Los gritillos de ella parecen el arranque de una risa que no estalla. De golpe, un bramido del Hombre y todo termina. Con un manotazo contra la puerta, termina.

49

La abuela Marisa vive en un chalé de dos plantas y jardín en el centro de la ciudad. A decir verdad, vive en el terrado del chalé. Allí se instala de marzo a noviembre en una hamaca de Nicaragua con las cuerdas amarilleadas de tiempo. Durante los meses de diciembre, enero y febrero, la abuela Marisa hiberna y no recibe visitas. Ni siquiera de su hija y su nieta. Flaca, morena durante todo el año, deja pasar las horas en viso. Una abuela en los huesos, ataviada con una combinación color champán, como le gusta decir, tostada y con un whisky del mismo color que ella en la mano es la imagen que en ese momento Cata tiene de un futuro perfecto. Las interminables siestas etílicas de la abuela Marisa en su hamaca de Nicaragua, lo más parecido a la paz que puede imaginar. Nadie tiene ya un chalé de dos plantas con jardín en el centro de esa capital seca, dura y pretenciosa. Nadie tiene, como lo llama su abuela, el sitio de las chicas.

La abuela Marisa tuvo una novia durante algunos años después de pegarle un tiro en el pie a su marido. Nunca se han referido a aquel hombre como «el abuelo» o «tu abuelo». Ni ella ni su madre. Es el marido de la abuela Marisa y punto.

Una tarde de verano, a su vuelta de algún lugar en cualquier sur, la abuela lo encontró con una mujer instalada en casa. No solo en su casa, estaba instalada en su terrado y en su hamaca de Nicaragua. Cuando dice «en mi hamaca», la abuela Marisa sonríe ladina no por la impresión que le provocó, sino por lo que sucedió después.

El abuelo había sido ingeniero militar y por aquel entonces ya era solo ingeniero. La abuela Marisa cuenta que oyó las risas de la mujer en cuanto puso un pie en la casa. Así que entró sin cerrar la puerta, subió sigilosamente y constató que estaban en su terrado. «Mi terrado», dice siempre. «¡Y además en mi hamaca de Nicaragua!». Queda claro que habría resultado mucho menos grave encontrárselos en un sudor de cama. La abuela Marisa se dirigió a su vestidor, sacó la pistola del abuelo del cajón donde la guardaba bajo un montón de visos color champán y le pegó un tiro en el pie. «No es que fallara», le cuenta una y otra vez a Cata como si fuera la primera. «Quería dejarle cojo». Arquea la misma ceja izquierda que su madre y levantaba el mentón. «Querida, un tiro puede quedar solo en cicatriz, más o menos grave, pero cicatriz, lo que no solo es poca cosa sino que puede acabar incluso en adorno». Es este punto se afila, frunce el carmín y alza los ojos al cielo. «Un tiro en el pie te deja cojo, para toda la vida, cojo para siempre. Querida, cuando dispares, tienes que apuntar al pie», concluye dando por supuesto que Cata va a acabar disparando. Y así siempre.

Al marido nunca volvió a verlo ni hizo ningún esfuerzo. La idea misma de un esfuerzo rebota sin rozarla al llegar a la abuela. «La rica soy yo, querida», hace un gesto con la mano para que le sirva un dedo más de whisky. «Intenta ser tú la rica siempre». Piensa en el Hombre y en que a su madre no le ha dado muy buenos resultados ser la rica.

Cata recuerda que un día, al llegar al terrado, encontraron una nueva hamaca de Nicaragua, blanca reluciente, en el rincón opuesto de donde se encontraba la de siempre, también entre la sombra del techado de palma. La abuela Marisa dijo «Esta señora es Encarnita», y no se volvió a hablar del asunto. Lo cierto es que Encarnita tampoco hablaba. El único sonido que emitía su figura era el del abanico contra su pechuga generosa. Lo llevaba y traía con su mano tostadísima cubierta de manchas de la edad y anillos de oro macizo. Sonreía al mundo desde su hamaca como si su existencia discurriera en la niebla de una modorra tierna. «A la vejez hay que llegar siempre flaca y rica» suele decir la abuela Marisa, «sobre todo flaca, querida». Desde luego, no era el caso de Encarnita. Si era rica o no, nunca lo supieron. Desde que la conocieron hasta su muerte permaneció instalada en el chalé de la abuela Marisa. Los oros en sus dedos color chocolate eran por supuesto auténticos y pesados, pero bien podrían haber pertenecido a otra vida u otra fortuna.

Cata habría de recordar siempre las manchas en las manos tostadas de las ancianas como un signo de elegancia. De las ancianas que llevan oros de esta o cualquiera de sus otras vidas.

50

Algunos golpes no se esperan porque resulta imposible imaginarlos.

Suceden

y

ya

nada

existe.

¿Cuándo empieza la violencia a ser venganza? Probablemente desde el primer momento. La increpación primera ya es venganza. No se perdona el esfuerzo, no se perdonan la satisfacción, la templanza, la capacidad de amar, la resistencia, no se perdonan la autonomía ni la riqueza, sea esta de la naturaleza que sea. No se perdona el titanio.

Lo que no se perdona se castiga. En las entrañas de todo castigo se revuelve una venganza.

El sofá cama está deshecho y las sábanas son un montón de ropa parda a los pies. Sobre el montón, un libro abierto. La niña llamada Cata está leyendo en pijama. Junto a la cama, en el suelo, hay un colchón con la ropa también hecha un barullo. En una esquina, sentada sobre el parqué, la madre mira, solo mira. Viste un camisón azul de tirantes. Sobre la mesa grande de trabajo, cuatro platos, dos vasos y dos tazas. Debajo, algunas pilas con más platos en los que se adivinan restos secos. Flota un aroma de cuerpo y sueño sobre el olor agrio de sudor y restos. Ambas llevan el pelo revuelto. Parece sucio.

Entonces

todo

se hiela.

El frío levanta del suelo a la madre, que se cubre con una chaqueta arrugada. Cata no se mueve. Su madre le tiende una mano y la esconde detrás de su cuerpo. Tiembla. Todo tiembla. «Quiero que te vayas», recuerda, «quiero que te vayas, quiero que te vayas, quiero que te vayas, quiero que te vayas». La letanía que Cata no pronuncia hace que vea borroso.

No han llamado a la puerta. Han lanzado de golpe una lengua de nieve y pedrusco sobre su cálido ser conjunto, ser abrigo, intimidad dañada. Desde el quicio, junto al Hombre, las observa una mujer con maletín. Ella mira el maletín del estudio, un animal que no reacciona frente a ese otro de su misma especie. Si pudiera ver la cara de su madre, reconocería en la mirada a aquella que había volado por la ventana. Sus ojos de oliva parda convertidos en aquel cristal del color de los pozos donde se mezclan el musgo, el agua negra y los cadáveres de algunas niñas. La mandíbula dura, los pómulos duros, la frente dura, los ojos sin fondo.

No suena la pantalla. ¿Cómo no han reparado? ¿En qué momento ha dejado de sonar? El silencio de allá fuera da más miedo que los gritos, los golpes y los cristales. «No deberías haber hecho esto, desgraciado», la voz de su madre rasca las paredes con garra feroz. «Pobre hombre». Entra la mujer del maletín como si penetrara en una jungla, en algún lugar peligroso, o en una cripta cubierta de exvotos. Da una vuelta. Cata la mira desde detrás de su madre y piensa «Pobre mujer». Es evidente que busca algún sitio donde sentarse, o al menos apoyarse, pero todo está lleno de molinillos infantiles. Decide acercarse a ellas. «No la toque», un nuevo zarpazo contra la piedra que levanta chispas. Su madre se da la vuelta y mete a Cata debajo del ala. «Ve con ella, pequeñita». La voz ya es su voz. Pero sus ojos, musgo, agua negra, cadáveres.

Se da la vuelta desde el pasillo y corre hacia su madre. Nadie intenta pararla. «No te dejo sola». La mujer del maletín niega con la cabeza y le sonríe. «Venga, que te llevo con tu abuela. Pronto podrás volver». Al pasar de nuevo junto al Hombre, le da una patada cuyo dolor no produce en él ningún gesto. No sonríe, pero ahí al fondo Cata reconoce una sonrisa. «Tú no tienes nada», masculla ella los alfileres con los que se clavan las mariposas sobre un corcho ya deshecho, los restos de las mariposas sin alas.

¿Cuándo se da la vuelta la venganza?

51

Sentada en el terrado de la abuela Marisa, Cata golpea el piso con el pie. No entiende su inacción. Lleva dos días allí y no ha pasado nada. La mujer del maletín la había llevado directamente desde su casa. «Tu mamá se pondrá buena», le decía durante el camino. «Ya verás, la vamos a curar», como una mema que se mete en un río sin entender que ha empezado el deshielo.

Acaba de llegar el señor Wang. Es el primer hombre que Cata ve subir al terrado. Le saluda con la cabeza y empieza a preparar un cóctel.

«Conocí al señor y la señora Wang cuando tu madre era una jovencita bastante más lista que ahora». La abuela habla sin abrir los ojos, tumbada en su hamaca de Nicaragua. «Comí en su restaurante todos los días que no pasaba aquí. Todos los inviernos, de lunes a viernes. Ternera con bambú y un bol de arroz blanco con tortilla desmigada, nada de guisantes. Los martes y los viernes me permitía el picante. A la vista está que me sentaba bastante bien. Desde que le pegué el tiro en el pie a aquel desgraciado, empecé a pasar sábados y domingos en casa. Durante los fines de semana la gente no hace preguntas. Entonces el señor Wang me subía la comida. Pato laqueado. Le tuve que enseñar a preparar el martini que ahora le gusta a tu madre. Ay, tu madre, tu madre. Ya lo prepara infinitamente mejor que yo». Cata se vuelve a mirar al señor Wang, que enfría una copa con dos hielos. «Cuando murió nuestra querida señora Wang, le compré el local pequeñito debajo de tu casa. Qué acierto, ¿verdad? Desde el principio supe que más valía que tu madre lo tuviera cerca. Durante todos estos años, ha seguido viniendo en invierno cada fin de semana a prepararme el mejor martini del mundo. Y también el mejor pato laqueado».

La abuela Marisa abre los ojos y alarga la mano hacia la copa que le tiende el señor Wang. «Hace falta tener dos cosas cerca cuando eres rica, querida. Un señor Wang y las monjas». Se incorpora con cierta dificultad, recolocándose su viso color champán. «Anda con él y dile a tu madre que se lo mando yo».

Cata entra en la casa y sale con su mochila. No pregunta nada. La anciana, que no parece exactamente una anciana, se levanta y abraza a su nieta por primera vez en la vida. Al señor Wang le da un sobre. Ella recuerda a su madre aquel último día de amigas y pato laqueado y señor Wang con un ahogo de ternura. La recuerda diciendo «tengo un plan inmejorable», y no llora.

52

Cuando el Hombre abre la puerta, Cata le pega un tiro. Trata que sea un tiro en el pie, pero, quizá por el retroceso de la pistola, le entra más arriba y cae al suelo.

Desde que ha cogido la pistola de casa de la abuela Marisa, ha sucedido como si le pasara a otra. El señor Wang la ha subido en un taxi que les ha conducido hasta el Monasterio de las Descalzas Reales en el centro de la ciudad. A Cata no le ha importado cuál se suponía que era el destino que la abuela Marisa le tenía preparado. Su decisión era firme. Una vez en el convento, una monja les ha indicado que se sentaran. Le ha parecido un pequeño hospital dentro de un palacio para reinas, pero desde detrás de una puerta entreabierta llegaba clarísima la luz de otoño. Olía a una limpieza sin aromas.

Ha salido una mujer anciana, de piel morena parecida al cuero y sonriente, como llegada de otras tierras. Llevaba puesto un sayo blanquísimo. No ha dicho nada. Con una inclinación de la cabeza, ha tendido al señor Wang un papel arrugado que él ha introducido en el sobre de la abuela Marisa. Después, para su sorpresa, otro taxi les ha llevado hasta su casa. El señor Wang se ha quedado en el portal.

¡BLAM!

Cata está pensando que los tiros suenan como en las películas cuando aparece su madre. A la vez, entra el señor Wang por la puerta. Dice «Vamos». Su madre contesta «Sí, vamos» y se inclina para tomar el pulso al Hombre. «Respira», dice. Entonces, coge la pistola que Cata todavía tiene en la mano y le pega un tiro certero en el pie derecho.

Su madre no abre el sobre hasta que llegan al aeropuerto. Dentro encuentra los dos billetes de avión, un papel y lo que parece un mapa arrugado. Dibujada con fina precisión, una línea une una capital con otra ciudad grande, y esta con una menor a la que no se puede acceder más que por mar, la rodea con una circunferencia de elegante trazo, y de allí parte hacia un lugar situado a unos veinte kilómetros siguiendo el curso del río en dirección este, atravesando la jungla. Dicho punto sin nombre ni rastro alguno en el plano está también marcado, pero con decenas de círculos superpuestos como si alguien hubiera enloquecido en tinta. Sobre el borrón, unas coordenadas de nuevo elegantes. En el papel aparte, se puede leer: «Walter Salazar Cyber coffee».

FINAL

Tras la última noche sentada junto a Marta la Negra en el tronco del río, la Extranjera permaneció en su habitación los tres días que tardó en reaparecer Walter Salazar. Oyó la ranchera, salió vestida con un pantalón vaquero recortado a medio muslo, camiseta que fue azul y las sandalias de la casa, solo suela con cuerda. Aquel pelo ralo rapado a mordiscos con el que llegó era una mata fosca desordenada que ya tenía caída. Pronto sería una media melena oscurísima y mate. En cuanto puso un pie en el porche, todo se detuvo, quedaron suspendidas la alegría, los correteos de las niñas, los ladridos de los perros y el culear de las gallinas. Fue consciente.

Sin nada más que su propio cuerpo, se plantó ante el automóvil, esperó a que Walter Salazar descargara sin bienvenida los habituales enseres, y subió al asiento junto al conductor. No miró hacia atrás. Ninguna de las mujeres dijo o hizo nada. Walter Salazar puso en marcha el vehículo.

El trayecto fue largo. La Extranjera se dedicó a mirar los lugares y las gentes sabiendo que ya eran suyos mientras Walter Salazar cantaba bajito canciones de amor.

«Ahora ya nos vamos quedando, doña». Los meses pueden durar una vida entera. Sintió que todas las cosas tienen su sitio, pensó en su reina y en una idea exacta de familia.

La ranchera de Walter Salazar llegó dando tumbos hasta la aldea, apenas cuatro casas, donde atracaba la barcaza. Esta vez la iba a acompañar. La Extranjera sabía que solo tenía que dejarse llevar, que no avanzaba sola. Las cosas se ordenan al narrarlas. Si no hay relato, nada hay. Al subir en el lanchón camino a la Ciudad Grande, recordó a aquella que hacía apenas nada, una eternidad, tomó una barca igual. En la proa descansaban cerdos como los de entonces y gallinas y los perros. Allí subida, y después durante el trayecto hasta la capital, se acordó de su primer encuentro con la Española, aquella bestia arisca enfundada en sayo crudo, aquella que protege. No recordaba haber pensado nada aquel día. Entonces ya había dejado de ser. Se acordó de cómo las figuras de María la Blanca y Marta la Negra habían ido ganando nitidez con el paso de los días y los meses, sus palabras, la piel, el sabor del océano en el aire. Una alegría colmada agitó su respiración y se instaló. Avanzaba con la sonrisa del triunfo en cara y aquel gesto ya innecesario de ir retirándose palitos y cortezas de los brazos.

Hicieron noche en la Ciudad Grande. Al entrar en el dormitorio reparó en su desnudez. Cargaba solo la ropa que vestía. Recordó haber salido sin nada de otra ciudad hacía mucho tiempo. Y corrido, correr, correr, correr sin aliento, sin certezas, con un miedo cerval robándole definitivamente las palabras y la memoria. Era una mujer. Se recorrió, cuerpo de mujer, sin echar de menos nada. Era lo que tenía y eso era todo.

Cuando llegaron a la capital, la Extranjera empezó a tararear la canción de las mujeres del lugar. Todos aquellos edificios, el tráfico, el desordenado atronar urbana no la rozaron. Sobrevolaba, su emoción lo sobrevolaba todo. Como si hinchando los pulmones consiguiera flotar de dicha sobre el ruido y suspirar, elevarse, desaparecer. Walter Salazar la miraba meneando la cabeza y de vez en cuando soltaba una carcajada. «Ay, mi mudita, ay, ay, ay».

Era ya de noche cuando vio el monasterio. Lo recordaba mayor y más siniestro, o quizá ni siquiera era aquel el edificio que guardaba en la memoria. ¿Qué memoria y de quién? Tanto tiempo y tanto olvido modifican las formas sustanciales. Olía a humo de tubo de escape y fritura. Detenida ante la fachada, vio pasar algunas parejas, un par de borrachos, perros, la vida que creía recordar. La emoción le había convertido los huesos en ternillas y tuvo que apoyarse en Walter Salazar. «Vamos, doña, que ya se nos está haciendo muy tarde». Sintió la mano del hombre empujándole suavemente hacia delante. Todo estaba hecho.

Avanzó carraspeando, subió la escalera carraspeando y carraspeando saludó a la monja del lugar con un movimiento breve de cabeza. La entrada era grande como un salón de baile vestido de colores sobre la cal del muro. Carraspeó hasta que vio aparecer al fondo la silueta de la niña. Ninguna de las dos se movió frente a la otra, separadas por la inmensidad del tiempo y los dolores. Se miraron durante algunos minutos. Entonces, la niña echó a correr hacia ella, y sin detenerse saltó y se enganchó a su cuerpo como cría de mona al de la madre.

Olían igual que entonces.

Bajo una tela áspera, su voz era aún su voz.

«Vámonos, pequeñita, que ya tenemos nuestro sitio. Voy a contarte la historia de una reina».

Agradecimientos

A Bethany Aram, autora de *La reina Juana. Gobierno, piedad y dinastía*, (Ed. Marcial Pons Historia, 2001).

A Manuel Fernández Álvarez (*in memoriam*), autor de *Juana la Loca. La cautiva de Tordesillas*, (Ed. Espasa, 2010).

Sin ella y él este libro no habría sido posible.

Índice